인생의 순례길에서 나를 만나다

인생의 순례길에서 나를 만나다

| 임명관 지음 |

BM 성안당

암과 가시

 대학병원의 수술실에서는 가끔 황당한 일이 벌어
진다.

한쪽 방에서는 젊은 환자의 암덩어리가 복강 전체를
침범해 수술도 못하고 다시 닫고 있는데, 바로 옆방에서
는 쌍꺼풀 수술이 진지하게 진행되고 있는 것이다. 그 암
환자에게는 쌍꺼풀 수술을 하고 있는 사람이 얼마나 하
찮게 보이겠는가? 참으로 팔자 좋은 사람이라고 말할지
도 모른다.

그러나 나는 그렇게 생각하지 않는다. 암 수술이나 쌍
꺼풀 수술 모두 의사에게는 똑같은 집중력을 요구하며
환자에게도 역시 비슷한 정도의 아픔이 따른다. 손톱 밑

에 가시가 박힌 사람이나 말기 암환자나 고통스럽기는 마찬가지다. 아니 가시가 박힌 사람이 훨씬 더 아플 수도 있다. 바로 옆에 암환자가 있다고 자기 손톱 밑의 가시를 무시하고 방치할 수는 없다. 심지어 시한부 생명의 암환자라고 해서 가시가 박혀 아파하는 사람에게 호들갑 떨지 말고 조용히 하라고 말할 자격을 가진 것은 아니다. 암이나 손톱 밑의 가시나 아프긴 마찬가지기 때문이다.

누구의 삶이든 나름대로의 아픔과 느낌이 있다. 조그만 경험을 해도 천지가 개벽하는 경험을 한 사람보다 더 많이 느끼는 사람도 있고, 대단한 출세를 하지 않아도 더 감사할 수 있으며, 대단한 실패를 경험하지 않아도 그 아픔을 더욱 절실하게 느끼고 반성하여 보다 좋은 길로 나아갈 수 있는 사람이 있다고 믿는다.

그래서 나는 책을 내기로 했다. 그리 대단할 것도, 별로 내세울 것도 없는 소소한 일상 이야기일 뿐이지만 세상에 단 한 사람, 아니 그 한 사람 삶의 단 한 순간에서라도 잠시나마 미소를 짓게 할 수만 있다면 출간하기까지의 노력과 비용과 내 자신의 한없는 부끄러움과 주저함의 시간을 충분히 보상받을 수 있다고 믿는다. 하지만 보잘 것도 없는 사람이 내는 책이 왜 부끄럽지 않겠는가? 책을 잘 읽지 않는 바쁜 세상에 굳이 이 일을 하는 게 왜 힘들지 않겠는가? 그래도 지금까지 50년을 넘게 살아온 나의 생각과 느낌과 아픔과 즐거움을 한 번쯤은 남들에게 보여줘도 좋지 않겠는가라는 용감한(?) 착각 속에서 이 일을 시작하였다. 그리고 이제 나는 부끄럽고 졸렬한 글을 세상에 내놓는다. 세상에 내놓은 이상 이제 이 글들은 나만의 것이 아닐 것이다.

책을 내겠다고 했을 때 많은 사람들이 말렸다. 물론 내가 무슨 대단한 경험을 한 것도 아니며, 남들이 부러워할 만큼 출세를 했다거나 모든 사람들이 교훈 삼을 만한 실패를 경험한 것도 아니긴 하다. 그렇다면 그런 게 없는 사람은 책을 낼 수 없는가? 책을 내기 위해서는 그런 대단한 무엇이 반드시 필요하며, 그래서 하나님께 그런 경험을 하게 해달라고 기도해야 하는가?

어느 분야에나 최고의 전문가가 있지만 그 사람이 모든 방면에서 최고라고 할 수는 없다. 최고의 과학자와 의사, 최고의 법조인이 반드시 최고의 저술가가 되는 것은 아니다. 젊을 때 최고였던 운동선수가 당연히 최고의 지도자가 되는 것도 아니다. 심지어 베스트셀러라고 선전되는 책이 모든 사람에게 최고의 감동을 주는 것도 아니다. 오히려 병에 걸린 어린아이가 툭 던진 한마디가 수십 권의 베스트셀러 속에서도 찾지 못했던 평생의 좌우명으로 되는 경우도 있다.

사람은 살면서 누구나 자기의 책을 쓰고 있다. 비록 눈에 보이는 글이 아닌 마음속 글일지라도 분명히 쓰고 있다고 믿는다. 비록 세상의 이목을 끌 만한 에피소드는 없지만, 나 역시 매일 매일을 수많은 판단과 결정을 내리고 아픔과 기쁨을 느끼면서 나의 글을 써왔다. 이제 그중의 몇 장면을 눈에 보이는 글을 통해 남에게 보여주고 같이 느끼고 싶은 것이다.

오래 전 다니던 교회의 예배시간에 부목사님이 다른 교회로 가게 되어 고별 설교를 하고 있었다. 2층의 제일 앞자리에 앉아 있던 젊은 여자 신도가 예배 전부터 시작하여 설교 시간과 찬송 시간 내내, 그리고 예배가 끝나고도 계속 울었다. 아마도 그 목사님이 다른 교회로 가게 된 것을 아쉬워하는 것이었겠지만 나는 그 모습에 참으로 감동을 받았다. 세상의 단 한 사람이라도 그렇게 슬퍼

하고 아쉬워하며 울어줄 수 있는 사람이 있던 그 목사님
이 부러웠기 때문이다.

여기에 실린 글 중에 단 한 구절이라도 읽고 고개를 끄
덕여 주는 사람이 있다면 나는 기뻐서 춤을 추겠다. 그것
만으로도 내 50여 년 인생의 의미는 충분히 찾을 수 있
을 것이다.

차례

인간 되기

성공

 실패하기 위해 사는 사람은 없다. 누구나 자신이 하는 모든 일이 성공하기를 바란다.

처음 계획대로 이루어지는 것을 성공이라고 할 수 있겠다. 시험을 볼 때는 합격하는 게 성공이고, 계약은 성사되는 게 성공이다. 그러나 우리의 인생은 성공보다는 훨씬 많은 실패로 이루어지는 경우가 대부분이다.

인생의 성공이란 무엇일까? 어떤 인생이 성공한 것일까?

나는 이 질문에 쉽게 대답하지 못한다. 실패한 인생을 살고 싶지는 않지만 막상 어떻게 사는 것이 성공한 것인지는 알지 못한다. 헤아릴 수 없을 만큼 많은 부를 얻고도 일찍 죽는 사람이 있고, 많은 재주를 가졌지만 나쁜 데 쓰다가 모진 일을 당하는 사람도 많다. 무소불위의 권력과 명예를 가졌다가 한순간에 모든 것을 잃고 쓸쓸히 사라져가는 사람도 보았다.

과연 어떤 삶이 진정으로 성공한 삶일까?

내가 한때 다녔던 교회의 목사님은 성공이라는 말을 자주 입에 올렸다. 단시간에 급속히 성장을 이루었으니 성공한 교회이고 또한 자기는 성공한 목사라는 말을 시도 때도 없이 하는 것을 보고 그 교회와 목사가 대번에 싫어졌다. 과부와 고아와 거지들을 위해 더 낮은 곳으로 가야 하는 교회가 단지 건물의 크기와 신도 수가 늘었다는 세속적인 기준으로 성공했다고 자랑하는 것을 하나님이 좋아하실까?

의사들은 누구나 큰 병원에서 근무하고 싶어한다. 더 많은 존경과 더 많은 봉급을 받으며, 뛰어난 제자들과 더 많은 증례들을 가지고 우아하게 연구할 수 있는 대형 병원에서 근무하고 싶은 것은 인지상정일 것이다. 사실은 그 네임밸류 때문에 그 옆에만 가도 기가 죽는다. 그렇다고 그곳에 근무하는 모든 사람들이 성공한 것일까? 그곳에는 미숙한 나보다 훨씬 더 미숙하고 이기적인 나보다 훨-씬 이기적인 사람들이 많다고 자위해야 하나? 생각하면 생각할수록 진정한 성공의 의미를 모르겠다.

행복하게 사는 게 성공한 것이 아닐까도 생각해 본다. 아무리 힘들어도 즐겁고 만족하면 성공한 게 아닐까. 만족도가 높은 국민들은 모두 가장 가난한 나라의 사람들이라고 하지 않는가. 양팔이 없어도 기쁘게 사는 사람이 있고, 모든 걸 갖추고도 사소한 일로 자기 목숨을 스스로 끊는 사람도 있다. 그러므로 인생의 성공은 행복의 정도와 같다? 나는 왠지 그런 견해에도 선뜻 동의할 수가 없다.

생각하고 생각하다가 결국은 그저 내가 해야 할 일을 열심히 하면서 살기로 했다. 내 인생도 잘 모르는데 남의 인생을 어떻게 평가할 수 있겠는가. 가능하면 나보다는 남을 조금 더 배려하며 즐겁고 긍정적으로, 단점보다는 장점을 먼저 생각하면서 열심히 사는 것이다. 사소한 일에도 만족하고 감사해 하면서 살기로 했다. 그렇게 열심히 살았다는 것만으로도 충분히 만족할 수 있지 않겠는가. 혹시 언젠가 진정한 성공의 의미를 알게 된다면 그건 하나님의 선물이며 은총으로 생각하기로 했다.

잊혀지지 않는 몇 가지 에피소드

지금까지 살면서 잊히지 않는 몇 가지 소소한 추억들이 있다. 대학을 선택하거나, 결혼하거나, 큰 병에 걸리는 것 같은 그런 큰일이 아닌 아주 사소한 일들- 하지만 생각이 날 때마다 즐겁거나 혹은 부끄러워지는 몇 가지 기억들이다.

대학교 3학년 기말고사 때 도서관에 자리가 없어서 어린이 병원 회의실에서 공부를 하곤 했다. 시원하기도 했고 무엇보다 책걸상이 편했던 기억이 난다. 하루는 공부를 끝내고 기숙사로 돌아왔는데 내 손목시계가 보이지 않았다. 급히 돌아갔더니 청소부 아줌마가 내 자리를 청소하고 막 나가는 참이었다. 시계를 보지 못했느냐는 질문에 없었다고 말하는 모습이 무척 당황하는 듯했다. 그분의 윗옷 주머니가 볼록하게 나와 있는 모양이 그 속에 틀림없이 시계가 들어 있다고 생각했다. 좋은 시계는 아니었지만 다음날 시험에 꼭 필요했기 때문에 재차 질문을 했으나 그분은 오히려 인상을 바꾸면서 더 단호해지는 것이었다. 순간적으로 그 주머니를 뒤지고 싶은 욕망에 사로잡혔다. 틀림없이 시계가 그 주머니에 있을 텐데 그걸 밝히느냐 아니면 그냥 두느냐. 나는 그저 복잡해질 그 다음의 여러 일들이 떠올라 시계를 포기했다. 그런데 이틀 뒤 방을 청소하다가 침대 뒤에 떨어져 있는 시계를 보았다. 아! 그때의 그 부끄러움이란…

그때 주머니를 강제로 뒤지지 않은 것이 얼마나 천만다행이었던지. 왜 그분의 주머니에 시계가 없을 수도 있다는 생각을 하지 않았는지. 그렇게 며칠 동안 내 행동에 대해 후회와 또한 안도가 교차했었다.

방 두 개짜리 아파트에서 좀 더 큰 아파트로 이사할 때의 일이다. 대부분의 경우처럼 우리도 새로운 집을 담보로 대출을 받아야 했는데, 집주인이 잔금을 받기 전까지는 소유권을 넘겨줄 수 없다고 해서 1~2주일 정도의 급전이 필요하게 되었다. 가까운 친척이나 친지에게 빌릴 입장도 아니라 아주 곤란한 지경에 처했었다. 그런데 갑자기 공인중개사 사장님이 그 돈을 흔쾌히 빌려주겠다고 했다. 아! 그 얼마나 고마운 일인가. 나는 이주일 후에 깨끗이 그 원금을 갚아드렸다. 그리고 집을 고치고 이사하는 날 사장님이 직접 음료수까지 사들고 와서 축하해 주었다. 중개 수수료를 치르고 얼마 정도 더 사례해야 할지 몰라 고민하고 있는데 갑자기 집사람이 "그 비용이면 됐지 사례비가 뭐가 더 필요해요?"라고 하였다. 그 말대로 입을 싹 닦고 더 이상 사례하지 않았다. 그럴 리 없다는 사장님의 이야기를 몇 번이나 전해 들었지만 애써 모른 척했다. 가끔 그때 일만 생각하면 한없이 부끄럽고 온 몸이 오글거리고, 지금도 남아 있는 그 사무실을 지날 때면 등골이 서늘해진다. 그때 동업하던 여사장이 나를 볼 때마다 비웃는 것 같았다. 왜 그랬을까? 도대체 왜 그 몇 푼 안 되는 돈에 내 양심과 상식을 버렸을까? 그 순간에 마치 귀신에 씌었던 것 같다는 생각을 한다.

어떤 사회나 어느 정도 파벌이 있기 마련이다. 다양한 세력들이 서로 견제하고 경쟁해 가면서 발전하는 게 민주주의 아니겠는가? 병원에도 과에도 그런 파벌이 있다. 내가 속한 파벌의 선배와 그와 늘 대립하던 다른 파벌의 선배가 있었는데, 그와는 어느 정도 좋은 관계를 유지했고 도움도 서로 주고받았었다.

그렇게 지내다 어느새 나도 그 반대 파벌 선배와 관계가 멀어졌고, 나는 파벌의 특성상 마냥 친하게 지낼 수는 없다고 자위를 하곤 했다. 우리 두 사람의 관계는 점점 더 서먹해지고 아무런 이유 없이 미워지기까지 하게 되었다. 결국 그 선배는 다른 병원으로 영전해 갔지만 둘의 관계는 나아지기는커녕 오히려 나빠져만 갔다. 문제는 나와 그 선배가 같은 분야를 전공하기에 학회 등에서 늘 만나게 되어 있다는 것이었다. 학회에 가면 혹시 그 선배를 마주칠까봐 고개를 제대로 들고 다니지도 못했고 가끔 멀리서라도 그 얼굴을 보면 가슴이 두근거렸다. 어쩔 수 없이 마주칠 때는 서로 얼굴을 돌리기도 했다.

나중에는 그게 싫어서 아예 학회에 안가는 일까지 생겼다. 그러던 어느 날 소그룹 학회에서 송년회가 있었다. 나는 술을 한잔 들이키고는 그 선배가 있던 테이블로 가서 애써 큰소리로 "잘 지내셨습니까, 선배님?"하고 외쳤다. 당황하던 그 선배도 "너도 잘 지내지?"하며 어색한 표정으로 대답했다. 그리고는 내 자리로 돌아와 마음의 짐을 털고 즐겁게 모임을 갖던 마지막 즈음에 그 선배가 얼근히 취해서 내 자리로 와서 집에 가지 말고 노래방으로 2차를 가자고 했다. 우리 둘은 그날 서로 어깨동무를 하고 함께 노래를 불렀다. 나는 그해의 마지막 일기에 이렇게 썼다.

"뇌 속에 붙어있던 껌을 떼어낸 것 같다."

세월이 가면 몸은 늙지만 더 지혜로워진다고 믿는다. 만약 지금 다시 그런 상황이 온다면 나는 그 청소부의 주머니를 뒤진다는 생각조차 하지 않을 것이다. 아마도 그 시계가 그 뒤의 복잡한 상황보다 중요하지 않음을 알기도 하겠거니와 또한 그분들을 더 이상 무시하고 깔보는 마음이 없어졌기 때문일 것이다.

또한 공인중개소 사장님의 배려와 선행에, 많지는 않더라도 감동적이고 적절한 보답을 해 줄 것이다. 그만큼 여유가 생겼기 때문이기도 하겠지만 그보다는 그런 행동이 얼마나 용기를 필요로 하며 신뢰를 보내준 행동인가를 알게 되었기 때문이다.

이제는 그 선배와 같이 불편한 관계를 아예 만들지 않으려고 노력할 것이다. 결국 나의 스타일이 아닌데 소속된 집단 때문에 본의 아니게 만들어지는 그런 관계에 휘둘리지 않을 것이다. 그러나 지금은 그럴 수 있을지 모르지만 그때는 그러지 못했다.

세월은 이미 많이 흘렀다. 후회만 남겼던 그 추억들이 이제는 깨우침의 즐거움을 주기도 한다.

경험한 일들을 잊지 않고 되새기면 더 좋은 인생을 살아 나갈 수 있을 것이다. 경험을 쌓는다는 것은 대뇌 피질에 홈을 하나씩 만드는 것과 같다. 그렇게 점점 더 많은 홈들이 모이게 되면 결국에는 홈이 없는 것과 마찬가지로 편평해지고 점차로 위축되어 끝내는 흙으로 되돌아가는 게 인생인 것 같다.

명품과 짝퉁

세상에는 명품이 있고 그보다 더 많은 짝퉁도 있다. 둘은 겉으로는 별 차이가 없어 보이지만 출생이 다르고 가격도 다르며 그 기능성과 내구성에서도 많은 차이가 있다. 나는 그 차이를 별로 알고 싶지 않다. 많은 사람들 앞에서 눈물을 흘려가며 찬양하는 신자들 중에도 진짜가 있고 짝퉁도 있을 테지만, 누가 진짜인지는 정말로 알고 싶지 않다. 오직 자신과 하나님만 알면 되는 일이기에 그렇다.

철모르던 젊은 시절에는 나 자신을 제법 좋은 놈, 일종의 명품이라고 생각했다. 터무니없게도 나를 만나는 사람은 운이 좋은 거라고 믿었다. 그러나 나이가 든 지금에

와서는 세속에 찌든 나를 짝퉁이라고 생각한다. 매너는 더 세련되어졌고 이야기도 잘하며 어떤 분위기에도 스스럼없이 어울릴 수 있기에 남들이 보기에는 꽤 괜찮아졌다고 생각할 수도 있지만, 나는 그럴수록 더 내 자신을 짝퉁이라고 생각한다. 다만 좀 더 명품같이 보이는 정교한 짝퉁이 되었을 뿐이다.

명품에서 짝퉁으로 급전직하하는 나를 보면서 생기는 합병증 같은 것도 있다. 별로 열심히 살지 않아도 될 것 같은 생각, 어차피 많은 사람들이 나같이 짝퉁인데 명품같이 행동하는 게 좀 보기 거북하다는 생각, 어쩌면 이렇게 짝퉁임을 고백하는 것이 좀 더 솔직하고 인간적인 것이 아니겠는가라는 생각을 한다.

물건이라면 처음부터 그 운명이 정해져 있지만 인간은 언제든지 명품에서 짝퉁으로, 혹은 그 반대로 바뀔 수 있기 때문에 그 상태를 절대적으로 평가하는 것은 어려운 일이다. 지금 짝퉁이라고 해서 앞으로도 계속 그럴 것이라고 단정할 수는 없다. 명품같이 보이는 사람도 언제나 짝퉁이 될 수 있음을 알고 겸손해야 한다. 어쩌면 이렇게 인간을 명품이나 짝퉁에 비유하는 것이 부적절할 수도 있지만, 사람은 언제나 변할 수 있으므로 항상 모든 일에 진심을 다하고 자신의 발전을 위해 부단히 노력해야 한다는 뜻 정도로 해석한다면 그런 비유도 괜찮을 듯하다.

그러므로 인간에 대한 평가는 그 사람이 죽기 전에는 이루어지기가 어렵다. 인간이 어떻게 다른 인간을 속속들이 알고 평가할 수 있겠는가. 평가는 무엇보다 아무 것도 속이지 않고 모든 것이 드러난 상태에서만 가능할 것이지만, 설혹 그렇더라도 관점에 따라 다르게 평가될 수도 있을 것이다. 그러기에 남을 판단하는 것은 언제나 신중하고 삼가야 한다는 생각을 한다.

어쩌면 짝퉁같이 보이는 명품도 있을 것이다. 가능할지 모르지만 그렇게 살고 싶다는 게 솔직한 내 마음이다.

기적

삶은 수많은 기적들로 이루어져 있다.

우선은 우리가 세상에 생명으로 태어난 것부터가 기적일 것이며, 교통사고, 핵, 공해, 질병, 살인 등, 그 생명을 끊임없이 위협하는 현대사회의 도가니 속에서 살아있다는 것 역시 기적이라 할 수 있다. 이러한 생명의 창조와 삶의 기적은 오직 하나님의 축복으로만 가능할 것이다.

부모와 자식의 인연 또한 수 억, 수십 억 분의 일의 확률로만 맺어질 수 있는 기적이다. 그렇기에 부모와 자식의 이별은 잠시든 영원이든 세상의 어떤 이별보다 애틋할지 모른다.

아들이 넷인 어머니는 막내인 내가 고향에 내려갔다 올라올 때마다 역으로 배웅을 나오셨다. 표를 끊고 차에 오르는 나를 보시며 어머니는 언제나 눈물을 흘리셨다. "또 볼 텐데 왜 울어요." 하면 아무 말 없이 돌아서서 또 우셨다.

이별하기 때문이다. 헤어지기 때문이다. 한 달이든 일 년이든, 아니면 영원이든 모두 정도의 차이일 뿐, 헤어짐은 언제나 슬프고 가슴 저리는 일이다. 더욱이 기적으로 맺어진 부모와 자식의 헤어짐이 아니던가.

존경하는 소아과 홍창의 선생님의 마지막 강의를 잊을 수 없다.

"6.25 때 피난을 가는데 넓은 길과 좁은 길이 있었다. 사람들이 너 나 할 것 없이 넓고 평탄한 길로 몰리는 바람에 나는 어쩔 수 없이 좁은 험한 산골길로 피난을 갔다. 그런데 비행기 폭격으로 넓은 길을 가던 사람들은 거의 다 죽었고, 좁은 길을 가던 사람들은 모두 살아남았다. 나는 그때부터 모든 사람들이 부러워하고 가고 싶어 하는 길만이 진리는 아니라는 생각을 갖고 세상을 살아 왔다."

건강하게 살아있다는, 그 수천억 분의 일의 확률 밖에 안되는 기적에 더해 넓고 평탄한 길까지 요구한다는 것은 얼마나 염치가 없으며 헛된 욕심인가? 하물며 그 헛된 욕심 때문에 그 수천억분의 일인 기적까지 잃어버린다면 이 무슨 어리석은 일이 될 것인가.

어떤 길을 가든 그 길에서 기도하고 감사하며 열심히 살아나가면 될 듯하다.

피천득론

혹시 피천득이란 작가를 아시는지?

중학교 국어교과서의 플루트-플레이어(책에는 『연주가』로 번역)라는 수필을 지은 작가이다. 고등학교 때는 『수필』이라는 제목의 수필과 『인연』이라는 그의 작품이 실렸었다. 국어 완전정복이라는 참고서와 필승이라는 책에서 그의 약력을 보고(수필가, 영문학자, 서울대 교수) 그분을 꼭 한번 만나보고 싶다고 생각했고, 그런 마음이 내가 꼭 서울대학교를 가야되겠다고 결심하는데 중요한 역할을 하였다.

고등학교를 졸업할 무렵 그분이 은퇴했다는 소문을 들었고, 용기 없는 나는 일말의 아쉬움과 함께 안도감을 느끼기도 했다. 그러나 정작 그분을 만날 수 있겠다고 생각했던 서울대학교에 들어와서는 만남의 기회를 찾기 위해 별로 노력하지도 않았고, 결국 그분을 직접 만나지는 못했다. 나는 고작 도서관에서 그의 수필집 몇 권과 문학선집 속에 들어있는 작품들을 보았을 뿐이다. 그래서 나는 이름 석 자와 그 특징적인 문장을 빼 놓고는 그분의 얼굴이나 인품, 성격, 학문의 성취 등, 무엇하나도 그분에 대해 제대로 아는 게 없다. 그래도 나는 그분을 좋아한다.

학문적 업적이 얼마며 인품이 어떤지는 알지 못하나 그의 간결하고 담백한 문장을 좋아한다. 존경한다는 말보다 좋아한다는 말이 백번 더 맞다.

그는 작고 못생겼을 것이다.(그의 수필 속에 자신을 소개한 글이 나온다.) 그리고 섬세하고 예민하며 소심할 것이다. 자기의 부인을 사랑하며 과거를 지킬 줄 아는 사람일 것이다. 이렇게 나는 글로 표현된 그의 생각과 태도를 근거로 한껏 상상력을 발휘해 그분의 모습을 그려본다.

"나는 어릴 때 지휘자가 되보고 싶다고 생각해 본 적은 없으나, 그 지휘자 밑에서 플루트를 연주해 보고 싶은 적은 있었다."

겸손과 자부심의 조화.

다음의 글은(아마 약간 틀릴지 모르나) 내가 글을 쓸 때마다 한번씩 반추해 보는 그의 문장이다.

"그리워하면서도 한 번 만나고는 못 만나게 되기도 하고, 평생을 못 잊으면서도 아니 만나고 살기도 한다."

미래의 어느 날엔가 신이 도와주신다면 백발의 모습일 그를 만나게 될지도 모른다. 그런 소망이 또 나를 즐겁게 해 주는, 메마른 세상에서도 가벼운 미소를 짓게 해 주는 축복 중 하나다.

지금도 수필은 피천득 선생님처럼 쓰고 싶다는 생각을 가지고 있다.

받아들이기

우리가 존재하는 이 세계를 둘러싼 모든 사물이나 사태를 받아들이는 정도는 사람마다 다르다. 그 정도의 차이는 인격과도 관계있는 것처럼 보인다. 종교는 신을 받아들이느냐 않느냐로 판단하는 것이다. 신이나 종교의 존재 내지는 의미를 과학적으로 분석하고 열변을 토해내는 사람은 답답해 보인다. 종교는 그런 분석의 대상이 아니다. 많이 받아들이면 신앙심이 깊은 것이고 받아들이지 않으면 믿음이 없는 것일 뿐이다. 그러므로 종교에는 과학이 아니라 신의 은총이 오히려 중요한 기준이 될 것이다.

나이가 들수록 무엇을 받아들이는 정도가 작아지는 것

같다. 대학 입학 후 처음으로 맞은 방학 때는 고향으로 내려가는 기차에서 만난 모든 사람들이 나의 스승으로 여겨졌고 그들과의 모든 대화가 즐거웠다. 그러나 몇 년을 그렇게 지내다 보니 그들의 이야기가 싫증났고 나는 점점 마음의 문을 닫게 되었다.

그럴수록 나는 점점 완고한 사람이 되어갔고 노인이 되어 갔다. 나이 든 사람의 특징은 듣기보다 말하기를 좋아한다는 것이며, 받아들이기보다는 받아주기를 바라는 마음이 더 크다는 것이다. 나는 말을 많이 하는 사람이 참으로 싫다.

어릴 때부터 관대한 사람이 되고 싶었다. 설혹 내가 가진 모든 것을 빼앗겼다 한들 별게 없었던 시절에는 그런 일은 소망이라 할 수도 없었다. 그러나 세상은 변했고 나도 변했다. 내가 미워하는 사람과 나를 미워하는 사람이 점점 더 많이 생기는 것을 보고 처음에는 당황했지만, 나는 그런 현실도 금방 받아들였다. 남에게 상처를 주거나 혹은 내가 상처를 받는 일도 일상이 되어 갔다. 나는 어느새 누구 못지않게 내 자신만을 생각하는 이기적인 사람이 되었다. 그렇지만 다행(?)히도 아직까지는 조금이라도 더 남을 받아들이고 이해해야겠다는 생각을 어렴풋이나마 하고 있다.

죽음으로 기어가는 수십만 마리의 거북이를, 한 마리씩 던져 강으로 돌려보내주는 할아버지의 말처럼, 전체로는 아무것도 아니지만 내가 살려주는 그 한 마리가 세상의 모든 것이 될 수도 있다는 믿음을 갖고 싶다.

내가 아픈 만큼 남에게도 아픔이 있고 애환이 있다. 역사적인 진실 같은 거창한 것을 나는 잘 모른다. 다만 남의 어떤 행동이나 결과에 대해 좀 더 이해하고 싶다. 남의 관대함을 기대하기 보다는 오히려 그를 이해하려고 더욱 노력한다면, 그런 사람은 나이가 들어도 젊어지는 게 아닐까 생각한다.

남을 원망하거나 비난하는 말보다는 그를 격려하고 칭찬하는 말을 더 많이 하고, 나를 질책하는 이야기를 들으면 다 그만한 이유가 있을 거라고 생각하면서 살고 싶다.

미워하기보다는 이해하고, 그것도 힘들면 최소한 연민의
마음이라도 지니고 살고 싶다는 게 지천명의 나이에 이
르러 갖게 된 작은 소망이다.

겉과 속

영화 속 멋진 남자 주인공이 카페나 술집에서 예쁜 여자를 만나 첫 눈에 반하고 서로 사귀는 모습을 보면 정말로 부럽다는 생각을 한다. 지금까지 나는 내가 첫 눈에 남에게 강한 인상을 주고 호감을 줄 수 있다고 생각해 본 적이 없다. 어릴 때부터 작은 키와 헤픈 웃음이 문제였고, 나이가 들면서는 거기에다 뒷머리의 머리털마저 하나둘씩 빠져 새로운 콤플렉스가 되었다. 당연히 영화 속 남자 주인공과 같은 멋진 로맨스는 이젠 꿈조차 꿀 수 없게 되었다. 결혼식장에서 훤칠한 신랑과 그와 잘 어울리는 늘씬한 신부를 보는 일은 참으로 즐거운 일이다. 작고 볼품없는 부부보다는 그 두 사람의 앞날이 더 행복할 것 같다는 생각도 든다. 이목구비가 뚜렷한 사람은 왠지 자신이 있어 보이고 그런 사람 앞에서는 괜히 주눅이 들기도 한다. 큰 차를 타는 사람은 작은 차를 타는 사람들보다 더 멋있고 행복해 보인다. 값비싼 아파트라도 우연히 들르게 되면 경비서는 사람들도 멋있고 당당해 보인다.

무의촌 근무가 끝나고 다시 지긋지긋한 병원으로 돌아갔을 때, 흰 가운을 걸치고 바쁘게 지나가는 동기와 후배들을 보면서 얼마나 주눅이 들었는지 모른다. 시험에 떨어져 들어가지도 못한 병원에서 어느새 한 자리를 꿰차고 당당히 자기의 역할을 하고 있는 친구들이 한없이 부러웠다. 나는 그들에 대한 경외와 함께 내 자신에 대한 열등감도 느꼈다.

"3년의 세월이 사람을 이렇게 바꿔놓았구나!"

나는 학업에 충실하지 않았던 것에 대한 후회와 죄책감에 사로잡혔고, 초라한 내 모습에 자신감을 잃었다. 자포자기의 심정으로 가정의학과에 근무하는 동기를 찾아갔다 . 그 친구는 놀랍게도 방문 앞에 자기의 명패를 달고 환자를 보고 있었다. 환자를 보는 그 근엄하고 자신에 찬 모습을 보면서 또다시 3년의 무게를 실감했다. 그의 나이가 나보다 많았지만 동기였기에 평소 반말을 해왔던 내 입에서는 어느새 존댓말이 나오기 시작했고, 친구는 이상하다는 표정으로 나를 쳐다보았다. 그런 위치의 친구가 나를 기억해 준다는 사실만으로도 감사하다는 생각이 들었다.

얼마간 어색한 시간이 흐른 뒤 후배 한 명이 들어 왔다. 두 사람은 내가 있다는 것을 의식도 하지 않는 듯 서로 큰 소리로 떠들기 시작했다. 나는 아무 말도 못하고 그 우아한 사람들의 이야기를 듣고만 있었다. 그런데 오가는 이야기들은 아주 평범하기 그지없었다. 후배가 나를 돌아보더니 "형도 그 사람 알죠? 그 사람이 오늘 수술하다가 어지러워서 쓰러졌대요." 그 후배가 말하고 있는 사람은 내 동기였다. 나는 잠도 못자고 환자를 돌보다 피곤해서 쓰러졌을 그의 의사로서의 숭고한 책임감을 생각하면서 아무 말도 못하고 계속 그들의 이야기를 듣고 있었다. "어젯밤에 술을 많이 먹고 아침에 배탈이 났었는데 교수님께 아프다는 말씀을 드릴 수가 없었대요. 수술을 하는데 배는 아프고 피곤하고… 억지로 참다가 결국은 환자 수술 부위로 픽하고 쓰러지는 걸 과장님이 간발의 차로 쳐냈대요…." 그리고는 교수님한테 야단맞고 쫓겨난 이야기, 아침에 주차 위원들과 싸운 이야기, 병원 식당의 임대와 여전히 맛없는 식사, 컨퍼런스 시간에 한없이 버벅댔다는 교수님 이야기…. 아, 그 하잘 것 없는 수다를 그렇게 진지하게 나눌 수 있다니. 그것은 바로 3년 전에 내가 술집에 앉아서 하던 바로 그런 이야기들이었다.

한참이나 정신을 못 차리는 나를 보고는 친구가 어깨를 툭 치며 이야기했다. "야, 정신 차려. 우리 병원에는 너 같은 사람이 필요해. 최소한 나는 네가 없어 심심했어. 우리 병원에 다시 들어온 것을 축하한다…." 나 같은 어떤 사람이 필요한 것인지, 혹은 정말 내가 필요한 것인지, 아니면 내가 병원을 필요로 한다는 것인지 혼란스러웠다. 필요하다는 말은 알겠는데 누가 누구를, 뭐가 무엇을 필요로 한다는 말인지도 제대로 이해하지 못하고 급히 그 방을 빠져 나왔다. 그러고는 병원 안을 다시 둘러보니 사람들의 숨 쉬는 모습이 눈에 들어왔다. 나는 그제야 비로소 그 차갑던 병원에서 따뜻한 온기를 느끼기 시작했다.

눈에 보이는 것은 언제나 순간적이다. 속이 아닌 겉의 모습을 볼 수 있을 뿐이다. 속의 모습은 눈으로 볼 수 있는 게 아니다. 화병의 꽃은 아름답지만 이미 죽은 생명이나 다름없다. 며칠 동안은 아름다운 모습을 뽐내지만 그것은 아름다운 시체의 모습에 불과하다. 들판의 이름 모를 꽃들은 겉보기에 아름답지는 않지만 살아있는 생명이다. 세월이 흐르면 화병 속의 꽃은 말라 시들어 추한 모습을 드러내지만 들꽃은 여전히 변함없는 모습으로 꿋꿋하게 살아간다. 더 많은 시간이 흐르면 그 들꽃 역시 죽기는 하겠지만, 죽은 후에 한 줌의 썩어지는 밀알의 역할이라도 하게 되는 것이다. 속은 느껴야 하는 것이며, 느끼려고 노력하는 사람에게만 자기의 모습을 보여준다.

비록 남들에게 호감을 주는 외모나 값비싼 고급 차를 갖지도 못했고, 훤칠한 신랑의 모습으로 남 보기에 잘 살 것 같은 모습을 보여 주지는 못했지만, 그렇다고 우리 부부의 삶이 불행했던 것은 아니다. 없는 것 없고 아이들마다 방이 다 있는 그런 큰 집에서 살지는 못해도, 우리 가족이 남들보다 서로를 더 미워했거나 더 나쁜 일만 많았거나 혹은 더 아프거나 더 빈궁하게 살았던 것도 아니다. 내가 단 한 번의 낭만적인 로맨스도 가져보지 못했던 것도 다 하나님의 뜻이라고 생각한다. 그것은 이미 많은 은혜를 받았다는 계시일 수도 있고 그 시간을 다른 사람들을 위해 쓰라는 큰 배려일 수도 있다.

겉이 아니라 속의 모습을 더 아름답고 크게 키워야 한다는 사랑의 메시지라고 생각한다.

보석

반짝이는 다이아몬드를 최고의 보석으로 치는 것 같다. 영롱한 광채와 세상 제일의 단단함 등, 보석으로서의 여러 기준에서 황제의 지위를 누릴만하다. 금은 그 둔중하고 안정된 색깔과 기품으로, 은은 독성에 대한 예민도만으로도 자기의 역할을 충분히 하고 있다. 저 찬란한 사파이어, 루비를 바라보는 마음도 즐겁다. 은은한 백옥도 좋고, 화려한 에메랄드도 좋다.

우리 아들 기준이는 이렇게 이야기한다.

"기준이는 아빠의 보석이에요."

내가 가르쳐 준 말이지만, 몇백 번을 들어도 싫지가 않다. 아니 들을 때마다 환희와 보람을 느낀다. 기준이를 낳기 전에는 아이로 말미암아 우리 부부의 삶이 얼마나 제한을 받는지, 아이를 키우려면 얼마나 많은 부모의 희생이 필요한지와 같은 이야기를 했었다. 그러나 지금은 이렇게 이야기한다.

"내 생활의 희생이 아이가 가져다주는 기쁨에 도대체 비교나 될 수 있는가?"

아이를 양육하면서 느끼는 순간순간의 기쁨만으로도 부모로서 희생할 만한 충분한 가치가 있는 것이다.

나는 세상에서 가장 크고 아름다운 보석, 기준이를 가지고 있다.

생일날의 기도

기도는 무릎을 꿇고 엎드려 간구하는 것 이상의 적극적인 의미를 갖고 있다. 각각 다른 달란트를 받은 종의 비유를 보아도 그렇다.

일단 공부하는 게 옳다는 확신을 받았다면 "주여 시험을 잘 보게 하소서"라는 기도보다는 "주여 공부를 잘할 수 있는 마음과 육체의 강건함을 주소서"라고 하는 것이 옳다. 자기가 일을 도모하고 이루려고 노력하는 가운데 하나님의 은총이 머문다. 간구하는 과정을 경시하는 것이 아니라 간구하고 뜻을 얻었으면 자기가 적극적으로 일을 추진해야 하는 것을 강조하는 것이다.

또한 기도는 남을 의식하지 않고 진실된 마음으로 혼자 해야 한다. 나는 속으로 묵상하는 것보다 입으로 중얼거리면서 기도하기를 권한다. 기도 자체가 무의미하다고 생각될 상황도 있지만 그런 경우를 제외하고는 입으로 확실히 기도하는 게 좋다.

기도는 자기만이 아니라 어려움에 처한 친구나 이웃을 위해서 기도해야 한다. 자기를 위한 기도보다는 이웃을 위한 기도에서 응답이 더 온다는 것을 조금씩 느끼고 있다.

나는 사투리를 쓰는 종호의 기도를 좋아한다. 미사여구로 가득한 입에 발린 기도가 아니라 진실된 마음으로 채워진 기도이기 때문이다.

오늘은 내 생일. 나를 위해 1초라도 기도하여 주옵소서.

이 좋은 가을날에

서울의 가을은 부산의 가을보다 낭만적이다.

가을은 이렇게 스산해야 제 맛이다. 날은 갑자기 차가와지고 바람에 날리는 낙엽은 아무리 쓸어도 쌓여만 간다. 바바리코트의 옷깃을 세우고 바스락거리는 낙엽이 뒹구는 길을 홀로 걷는 것은 가을만이 줄 수 있는 낭만이다.

부산의 가을은 너무 짧았던 것 같다. 그곳에서 제대로 가을을 느낄만한 시절을 보내지 못했기 때문이겠지만, 그래도 여기 서울에서는 이 가을의 향기를 오래도록 진하게 느낄 수 있다. 싸늘한 밤바람이 피부에 스치면 포장마차의 뜨거운 우동과 소주 한잔이 그리워진다. 무엇보다 가을은 지난 봄 여름의 노력에 대한 대가가 확연히 드러나는 계절이다. 수고한 사람에게는 풍성한 열매가, 게을렀던 사람에게는 때늦은 후회와 깊은 탄식만 남는다.

다음 가을을 다시 맞을 수 있을지 알 수 없지만, 그래도 열매를 딴 사람이나 후회의 나날들을 보내는 사람들 모두에게 똑같이 찬사와 위로를 보내고 싶다.

사람은 누구나 주어진 달란트가 있다. 그만큼만 남기면 되는 것이다. 그러나 자기에게 주어진 것보다 더 많이 남기려는 욕심 때문에 병이 생기고 적이 생기고 결국에는 후회만 남는다.

사자는 배고플 때만 사냥을 한다. 하나라도 더 얻으려는 욕심 때문에 사냥을 하는 경우는 없다. 그 모습이 자연의 모습이고 하나님께서 가장 사랑하는 모습이 아닐까.

지난 계절 그토록 푸르렀던 잎들이 스쳐가는 한 줄기 가을바람에 속절없이 떨어지는 모습을 보면서 인생사의 헛됨을 느낀다.

그러나 달리 생각하면 오히려 그 헛됨 속에서 영원을 느끼기도 한다. 땅에 떨어져 썩은 한 알의 밀알이 이 가을의 풍성함을 가져왔음을 생각하면 그렇다. 가을은 앞으로 올 추운 겨울 때문에 더 애틋하다. 아무것도 남길 것 같지 않은 칼날 같은 겨울이 오면 나는 아무 생각을 하지 못한다.

서울의 겨울은 너무나 삭막하고 춥고 너무나 길다. 부산은 그리 길지도, 그리 춥지도 않다. 마치 마음 좋고 넉넉한 하숙집 아줌마 같다. 아! 그 끔찍한 겨울이 오기 전의 가을은 그래서 얼마나 좋은 날들인가.

이 깊어가는 가을날의 어느 하루, 나는 시집 하나 손에 들고 아무도 찾는 이 없는 곳으로 떠나고 싶다. 낙엽 쌓인 오솔길을 걸으며 그 한 줄의 시구를 홀연히 떠올린 시인이 마냥 기뻐했을 그 순간을 나도 느끼고 싶다.

무심하게 흐르는 저 시간의 강물 속에서 다만 한순간이라도 진정으로 만족하고 기뻐할 수 있는 일을 해 볼 용기를 가졌으면 좋겠다. 하루를 내달려 10분을 만나도 좋다. 오랫동안 보지 못했던 친구를 찾아가 사랑한다고 말하고 싶다.

이 가을날의 하루쯤은 그 모든 구속을 벗어나 진정한 나를 만나고 싶다.

독창회 단상

1.

　몇 년 전에 두 명의 노래 잘하는 후배와 함께 두 번의 독창회를 가졌었다. 어렸을 때부터의 꿈을 이루고 싶었다는 거창한 인사말도 했다. 거의 2년 동안 전문가에게 일주일에 한 번씩 거금을 들여 레슨도 받았고, 평소에 부르고 싶었던 곡도 직접 골랐다. 음악을 전공한 프로들도 하지 못하는 독창회를 겁도 없이 감행했다.

　하지만 그것은 너무나 힘든 일이었다. 다른 설명이나 코멘트 없이 그저 노래로써 청중을 감동시킨다는 것은 정말 힘들었다. 성가부터 시작해 가곡과 오페라 아리아까지 모두 소화하는 일이란!

　처음에는 "잘하면 프로같이 잘하는 아마추어가 되고,

못하면 프로보다는 못하는 아마추어가 되면 된다."고 단순하게 생각했었다. 어쩌면 실수하는 모습이 더 아름답게 보이지 않을까라는 생각도 했다. 하지만 그것은 착각이었다. 수백 명의 청중들 대부분이 노래를 잘 알지 못하는 친지들이나 친구들이었기에 그런 노래들을 듣는 것을 힘들어했던 것 같다. '노래를 잘 하는 것은 알지만 이렇게 굳이 음악회까지 열면서…' 라는 생각들을 하는 것 같았다. 나중에 생각해 보니 그런 노래들은 사실 한두 곡만 들려주면 더 좋았을 듯싶다.

고등학교 때 나에게 치대를 권유했던 국어선생님께서 의사들 중에 한국의 10대 테너가수가 있으며, 나에게 그런 사람이 되어 보라고 말씀하시기도 했었다. 나는 지금까지도 한국의 10대 소프라노 가수나 테너 가수가 누군지 알지 못한다. 다만 '의사 중에서 노래를 꽤 잘하는 사람이 있구나. 나도 그런 사람이 될 수 있을까?' 라는 생각과, '언젠가 그분을 한번 볼 수 있지 않을까?' 라는 막연한 기대를 갖고 있었을 뿐이다.

정확한 시간과 장소는 기억나지 않지만, 우연히 그분의 독창회에 참석하게 되었다. 약 십여 명으로 이루어진 실내악단이 반주를 하고, 수준 높아 보이는 청중들이 꽤 많이 자리하고 있었다. 그러나 그분의 목소리는 기대만큼 그리 감동적이지는 않았다. 특히 테너는 고음에서 관객들에게 감동을 주어야 하는데 그 부분이 조금 부족한 것 같았다. 나이 때문이었을 것이다. 젊었을 때는 정말로 잘하는 노래였을 것이다. 고음에서 삑삑거리는 자기의 목소리에 절망하고 고개를 설레설레 흔드는 모습을 보는 것은 정말로 힘든 일이었다. 나는 곧바로 음악회를 빠져나왔다.

2.

첫 독창회 때는 일주일 전에 걸렸던 심한 목감기가 문제였다. 사흘 전부터는 아예 목소리가 나오지 않았다. 결국 스테로이드의 덕을 보기로 하고 정량의 100배가 넘는 약을 몇 번이나 먹었다. 나나 친구가 의사였기 때문에 가능한 처방이었다. 간신히 목소리를 낼 수 있는 상태에서 음악회를 하니 제대로 되었을 리가 없다.

두 번째 음악회를 열기 일주일 전에는 큰 수술을 받았다. 극심한 스트레스로 몸무게가 4kg이나 빠졌고 '뭐 하러 이런 힘든 일을 할까.'라는 회의가 들기도 했다. 혼자 하는 연주였으면 당연히 취소해야 하지만 같이 하는 것이라 그럴 수도 없었다. 실망스런 음악회였다. 음악회 후 어머니께서는 이렇게 말씀하셨다.

"애야, 나는 네가 너무 자랑스럽다. 하지만 두 번 모두 너무 힘들게 했으니 더 이상은 하지 않는 게 좋을 것 같구나."

나는 그 말에 전적으로 동감하였다.

그렇게 무리를 하면서도 독창회를 한 것은 어릴 때부터의 꿈을 이루고 싶었기 때문이다. 또한 나의 달란트를 좀 더 많은 사람과 공유하고 싶었고, 음악을 통해 감동을 주고받는 자리를 만들고 싶었기 때문이다. 굳이 덧붙이자면 좋은 취미를 공유하고 싶었기 때문이기도 하고, 내 자신이 성취감을 누리고 싶었기 때문이기도 하다.

여러 가지 이유로 음대에 가지 못했거나 갈 수 없었던 아마추어들이 프로들도 힘들다는 독창회를 열었다는 자체가 큰 의미가 있을 수 있다. 그건 상상할 수 없는 매력이자 자부심도 될 수 있을 것이다. 소위 가문의 영광일 수도 있겠다. 하지만 프로들도 힘들다는 의미는 역설적으로 아마추어는 거의 불가능하다는 의미인 것이다. 그것을 극복하기 위해서는 엄청난 노력과 고통이 동반된다는 뜻이기도 하다. 그것은 마치 관중석에 앉아 프로팀의 경기를 구경만 하던 관객이 직접 그라운드에 뛰어 들어가 다른 관중들에게 프로만큼의 실력과 감동을 주는 것과 같은 것이다. 그것이 어찌 쉬울 수 있겠는가?

3.
두 번의 독창회를 통해서 힘든 경험만 했던 것은 아니다. 배운 것도 많았고 좋았던 부분도 있었다. 험난한 프로의 길을 조금 맛보면서 프로에 대해 진심으로 존경심을 갖게 되었다. 성악가뿐 아니라 유행가 가수들 역시 디너쇼 등을 하려면 엄청난 연습과 준비를 해야 한다. 세종

문화회관에서 몇 섹션에 걸쳐 혼자 노래했던 패티김이나 조용필이 얼마나 위대한지를 새삼 절감하면서, 우리 같은 풋내기 아마추어는 그 발밑에도 미치지 못한다는 걸 느꼈다.

오래 전 정명훈이 지휘하던 공연에서 한 연주자-아마도 플루트 주자였던 것 같다-의 음이 반 박자 정도 먼저 나와 거슬렸던 적이 있었다. 무사히 공연을 마치고 인사를 한 후, 지휘자는 갑자기 그 주자를 불러 세우더니 관객들에게 인사를 시켰다. 사람들은 더 크게 박수를 쳐 주었다. 지휘자나 관객 모두의 행동이 그 주자에 대한 격려와 더불어 경고를 주었다고 생각한다. 다음에 또 그런 실수를 한다면 모든 사람이 용서할 수 없을 것이다. 그게 프로의 길이다. 그런 프로의 세계를 조금이라도 맛보고 그 부분을 인정하고 존경할 수 있게 되었다는 건 좋은 일이다.

무엇보다 우리가 모았던 후원금이 우리 병원의 소아당뇨 환자 세 명에게 골고루 나눠졌다는 사실이 너무 좋았다. 힘들고 오랜 병고에 시달리면서 주위의 도움도 별로 없는 힘든 아이들에게 의사들이 노래를 불러서 모은 돈을 전달하는 일은 생각만 해도 기분이 좋다. 실제로는 환자나 보호자의 얼굴도 보지 못했지만, 각 병동에서 나름의 기준을 정해 적절한 환자들을 선택했다는 소아과장의 말을 듣고 즐거웠다. 비록 많지는 않더라도 내 자신의 노력과 인연으로 모은 정성을 필요한 사람에게 나누어줄 수 있었다는 것 하나로도 음악회의 모든 어려움과 부끄러움, 아니 어쩌면 그 폐해까지도 다 보상받은 것이 아닐까 생각해 본다.

합창지휘자

멋진 직업 가운데는 합창지휘자가 꼭 들어가야 하지 않을까 생각한다. 이전에 파리 경시청 수사반장이 좋은 직업이라고 읽었던 기억이 어렴풋하게 나지만, 남을 도와주는 의사나 판사, 또 백지 같은 영혼을 가르치는 교사도 참으로 좋은 직업이다.

수십 쌍의 눈동자가 손끝 하나에서 움직이고, 포르테시모로 천하를 호령하다가 피아니시모로 전원의 한가로운 풍경을 묘사하고, 알레그로로 참새의 재잘거림을 표현하다가 라르고로 평화를 주고, 마르카토의 절도 있는 생활에서 레가토로 부드러운 연인의 사랑을 나타낼 수 있는 합창지휘란 얼마나 현란하고 화려하고 아름다운가.

합창은 각자의 목소리를 우리라는 공동체에 속에서 어우러진 소리로 묻어 나오게 한다. 그래서 노래는 좋아하지만 드러나는 것을 두려워하는 많은 사람들에게 큰 위안을 준다. 하지만 그 어우러진 소리 속에서도 반드시 각자의 소리는 존재를 드러낸다. 그야말로 부분과 전체, 전체와 부분간의 절묘한 모순과 통일이다. 반면에 오케스트라는 내 자신이 아닌, 나를 통해 연주되는 악기의 소리가 모이는 것이고, 사람의 진실된 목소리가 아닌 일종의 도구들의 소리이므로 합창과는 본질적으로 그 격이 다르다.

굳이 남 앞에서 하는 연주회를 염두에 두지 않아도 좋다. 그저 수많은 맑은 영혼들과 만나 대화하고, 아름다운 조화를 이루고, 기기묘묘하고 변화무쌍한 음정과 화음에 매료되는 것도 크나큰 행복이다. 마음먹은 대로 음이 만들어지지 않았을 때 단원들을 다독거리고 다그치면서, 결국엔 자기가 생각했던 음을 완성시켰을 때의 지휘자의 즐거움이란 세상 어느 것과도 비교할 수 없다.

지휘자가 꼭 갖추어야 하는 여러 조건 가운데 하나로 '냉철한 이성'이 있다. 지휘하는 도중에 흥분하거나 센티해져서는 안 된다. 끝까지 냉정하게 평소에 연습한대로의 연주를 청중에게 보여 주어야 하는 것이다. 그런데 나는 경험이 부족하기도 했었지만 지휘하면서 울었던, 지휘자로서는 말도 안 되는 행동을 했던 기억이 두 번 정도 있다.

한번은 의대 합창단 공연에서 성가 '누군가 기도하네'를 지휘하던 중에 일어난 일이었다.

공연 당시 내 뒤에는 수백 명의 청중이 있었고 앞에는 수십 명의 단원이 있었는데, 갑자기 "누군가 기도하네. 내가 홀로 외로워 마음이 무너질 때 누군가 널 위해 기도하네…"라는 가사에 마음이 울컥해져 눈물을 글썽였다. 제일 앞에 서 있던 몇 명의 여학생도 따라 울었던 것 같다. 겨우 노래를 끝내긴 했지만 공연이 제대로 되었을 리 없다.

또 한 번은 크리스마스 때 관악합창단을 이끌고 서울

구치소에서 노래를 부를 때였다. 수백 명의 죄수들이 차가운 땅바닥에 앉아 별로 즐겁지도 않은 성탄노래를 듣고 있었다. 마지막으로 'Mother of mine'이란 노래를 1절은 영어로 2절은 한글로 불렀다. "낳으시고 기르시며 손등 여위신 내 어머니… 말로 다할 수 없어라 어머니 그 사랑…" 하며 노래를 한참 부르는 데 뒤에서 이상한 소리가 났다. 자세히 들어보니 죄수들이 훌쩍훌쩍 우는 소리였다. 우는 모습을 본 우리 단원들도 하나둘 따라 울기 시작했고 급기야는 나도 울고 말았다. 그렇게 처음에 훌쩍이던 울음소리는 끝내 통곡소리로 변했다.

"그 깊은 사랑 속에…"

노래는 끝났는데 박수는 없고, 노래를 부른 사람이나 듣는 사람이나 반주하는 사람이나 지휘하는 사람 모두가 엉엉 울고만 있었다.

아름다운 봄, 봄, 봄

올해 봄은 정말로 따스하고 좋다.

칼날 같은 추위가 지나간 것에 감사하며, 겨우내 움츠렸던 몸을 활짝 펴본다. 봄이 이렇게 좋다고 느끼는 것은 처음이다. 지금까지 나는 가을을 더 좋아하고 가을이 더 나와 어울린다고 생각해 왔다.

나는 어릴 때부터 '완벽함'이나 '완전함'을 두려워했던 것 같다. 무엇이든 7할 정도면 만족했고 그게 나의 삶이려니 생각했다. 이전의 어떤 수필에서 보았던 것처럼 꽉 찬 보름달보다는 여백이 있는 초승달을 더 좋아하는 마음이라고나 할까.

봄이란 너무나 완전히 자기의 정체를 드러내는 계절이

라고 생각했다. 조금의 여백이나 우수리가 없는 것이 어쩐지 불안하고 불편하였다. 지금까지 내가 가진 모든 것을 주는 사랑을 해 본 적도 없는 것 같다. 공부를 할 때도 그랬고 운동을 할 때도 그랬다.

그러나 이제는 그 모든 것을 온전히 드러내는 봄이 좋아진 것이다. 이건 단순히 봄이나 가을의 호불호 문제가 아니다. 그것은 내 젊음이 얼마 남지 않았다는 자각 때문이기도 하겠고, 이제는 나를 다 드러내도 남들에게 별로 거슬리지 않을 것 같은 느낌 때문일 것이다. 이제는 세상을 향해 자신 있게 나를 드러낼 자격이 있다는 뜻이고, 어릴 때부터 나를 구속했던 '엄친아' 혹은 '범생이'라는 의식의 부담으로부터 벗어났다는 의미도 되겠다.

나에게 어느 정도 자신이 생겼고 또한 주어진 책임과 의무를 감당할 능력도 있다고 생각하게 되었다. 나의 모습을 있는 그대로 보여주고, 겸손을 가장한 약한 모습을 보이지 않아도 되게 되었다. 운동이나 인생에서도 승패에 별로 얽매이지 않게 되었다. 정말로 중요한 것은 내가 얼마나 열심히 최선을 다해 뛰었느냐, 그리고 그것을 얼마나 즐겼느냐 하는 것이다. 그것이 내가 운동을 하는 목적이고 살아나가는 목적이 되었다.

이제 나는 좀 야릇한 느낌을 주는 봄을 그 자체로 좋아하게 되었다. 봄은 마치 아슬아슬한 미니스커트를 걸친 여자의 늘씬한 다리 같아서 좀 부담스러웠지만, 이제는 그 다리를 보면서 혼자 낄낄거리기도 하고 이런저런 상상도 할 수 있게 되었다. 그 상상이란 힐끗힐끗 훔쳐보며 겉으로는 말세니 천박하다느니 운운하다가 밤에 혼자 떠올리는 어두운 상상이 아니다. 그것은 마치 그림이나 조각품을 대할 때 떠오르는 미적 상상인 것이다.

세상의 모든 것이 나에게는 스승이다. 남의 무심한 말 한마디도 나에게는 평생을 좌우하는 금언이 될 수도 있다. 그래서 나는 주어진 어떤 상황에서나 많은 것을 배우고 느끼려 노력한다. 보통은 성공한 것보다 실패한 것에서 더 많은 것을 보고 배운다. 그렇다고 굳이 하나님께 더 많은 실패와 좌절을 달라고 기도할 생각은 없지만, 만약 하나님께서 그런 것을 주셨을 때 마냥 미워하고 실망하지만은 않을 자신은 조금 생겼다. 바로 그런 마음이 봄을 봄 그 자체로 사랑할 수 있는 마음이 아닐까?

아, 나날이 푸르러가는 아름다운 봄, 봄, 봄.

아마추어와 프로

(Ⅰ)

아마추어리즘의 가장 큰 장점은 모든 참여자들이 부담감이 없이 참여할 수 있다는 것이다.

아마추어 합창단의 공연에서도 단원들은 부담감 없이 기쁘게 노래를 부르고, 또 청중들은 조금은 덜 다듬어진 그 노래와 매너에 만족하며 즐거워한다. 중요한 점은 그 자리의 모두가 아무 부담 없이 즐거워야 한다는 것이다.

아마추어 세계에서는 사실 콩쿠르가 필요 없다. 그 콩쿠르의 궁극적인 목표는 결국 즐거움이기 때문이다. 최고의 아마추어라는 말은 아마추어리즘을 벗어날 가능성도 가장 높다는 말이다. 최고라는 말은 아마추어에게 어울리지 않는다. 아마추어리즘이란 자기 일에 부담 없이 진지하게 열중하고 행복을 느끼는데 최선의 가치가 있다.

테니스장에서는 최고의 선수가, 노래방에서는 최고의 가수가, 파티에서는 최고의 만담가가 되어야 한다는 마음을 가진 사람은, 만약 그것이 자신의 직업이 아니라면 확실히 불행한 사람이다. 맥주 한두 병 내기라도 진지해질 수 있지만, 이기기 위해서만 충혈된 눈은 지저분하다. 아마추어는 즐겁고 행복하게 최선을 다해 열중하면 된다.

(Ⅱ)

프로페셔널리즘의 궁극 목표는 '최고'이다. 프로의 과정은 최고의 추구에 다름 아니다.

프로 합창단의 공연에서는 단원과 청중 모두가 완전미를 추구한다. 파격이 있을 수 있지만, 그 파격마저도 이미 잘 준비되고 계산된 것이라는 믿음이 프로에 대한 청중의 태도이다. 그 믿음을 져버리는 것은 청중에 대한 기만이다.

프로에게도 실수는 용납될 수는 있지만, 아마추어처럼 애교로 받아들여지지는 않는다. 엄격히 말하자면 있어서는 안 되는 것이다. 모든 사람이 최고일 수는 없지만, 모든 프로는 최고의 자리를 위해 전력을 다해 싸워야 한다.

부단한 객관적 자기 검증을 거친 '최고에 대한 확신'도 아주 중요한 프로의 요소이다. 직업적 테니스 선수는 테니스를 가장 잘 칠 수 있다는 확신을 가지고 부단히 노력하면서 챔피언을 추구해야 하며, 이것은 직업적인 가수나 배우 등 다른 모든 프로 직업인들도 마찬가지다.

(Ⅲ)
인생이란 아마추어인가, 프로인가?
아마추어로 살 것인가 프로로 살 것인가?

인간의 삶은 완전한 프로의 세계이다. 물론 기술이나 지식의 프로페셔널리즘도 있지만, 삶 자체도 역시 최고의 인생을 위한 프로 의식을 지향해야 한다.

만인은 신 앞에 평등하기 때문에 출발점은 누구에게나

똑같으며, 다만 누가 더 노력하느냐에 따라 더 나은 삶이 결정될 뿐이라는 주장은 명백한 허구이며 기만적인 이념일지도 모른다. 그러나 그런 허구와 기만적인 현실조차 프로들의 세계에게는 패배자의 변명으로 용납되지 않는다. 그러므로 설혹 자신의 삶이 아무리 불평등하고 불리한 조건이더라도 프로의 세계인 인생을 살아가는 우리는 최고가 되어야만 한다.

그렇다면 과연 최고의 프로 인생은 어떤 것일까?

오직 자신의 부귀와 향락만을 추구하는 테니스 세계챔피언과 말년에 자기의 모든 재산을 털어 아프리카의 굶주린 아이들을 위해 기부한 세계 500위 정도의 테니스 선수 중 누가 더 훌륭한 프로 인생을 사는 것일까?

인간은 누구나 최고의 프로가 될 수 있다.

아이

사람으로 태어나서 해야 하는 가장 중요하고 기본적인 일을 하나 꼽으라면 자식을 낳는 일이 아닐까 한다.

부모님이 우리를 낳으셨듯이 이제는 우리가 자식을 만들어 나가는 것이야말로 면면한 생식적, 인류적 의무이며 인륜지대사(人倫之大事)인 것이다. 심지어는 부부가 아닌 어떤 관계라도 최소한 아이를 낳는 일만큼은 엄숙하게 대해야 하며 비난하지 말아야 한다.

산부인과 선생님과 함께 이제 갓 10주가 지난 태아를 초음파로 보면서 느꼈던 그 감동을 잊을 수 없다. 커진 자궁 속으로 하얀 태반이 보이고, 그 끝에 붙어있는 아직

형체도 잘 알아보기 힘든 생명체. 아마도 천지창조의 순간에 울려 퍼졌을 법한 그 심장의 고동소리!

그 찬란한 심장의 뜀박질을 보여주면서 나는 산모와 아기에게 무한한 존경과 사랑을 느꼈다.

"저게 아기고 아마 저 부분이 다리, 저기가 팔, 그리고 여기 이렇게 힘차게 뛰는 심장박동이 보이지요?"

그렇게 감격하면서 자리에 돌아와 앉아 있는데 커튼 뒤에서 산모와 의사의 충격적인 대화가 들려왔다.

"아이를 지워야 되는데요. 직장이 있어서….."

차라리 그 소리를 듣지 말고 혼자 한 반나절쯤이라도 행복해 했으면 얼마나 좋았을까.

"오늘도 직장에서 일부러 시간을 내어서 왔어요. 오늘 꼭 지워야 하는데요."

첫 임신이라 유산하면 자궁의 손상 가능성이 높으니 오늘은 할 수 없다는 의사의 간곡한 권유에도 그 엄마는 완강하다.

"내일은 나올 수 없는데요. 오늘 꼭 지워야 해요."

이 세상에서 가장 아름답다는 엄마의 사랑. 이 세상에서 가장 굳세고 진실하다는 모성애가 이렇게 무참히 무너져 내릴 수도 있는가. 직장 때문인지, 혹은 미혼모이기 때문인지 몰라도 일부러 보여준 팔과 다리와 심장을, 그 찬란한 생명을, 내일도 아니고 오늘 바로 당장 지워달라는 소리를 그렇게 아무렇지도 않게 입에 담을 수 있을까.

나는 산부인과 의사가 되지 않은 내 자신이 얼마나 다행스러웠는지 모른다.

마누라 친구 중에도 아이를 갖지 않는 사람이 있다.

"바쁘기도 하고 아이를 위해서도 그렇고, 또 우리를 위해서도⋯."

참으로 귀에 들어오지 않는 장황한 변명이다.

나는 그 부부를 좋아하지 않는다. 아무리 그 부부가 아이를 키우는 노력과 정열을 자기실현을 위해 쓰고 또 그래서 설혹 엄청난 성공을 이룬다고 해도 나는 절대로 그런 부부를 좋아할 수가 없다.

살면서 무엇이 가장 소중하고 무엇이 가장 근본인지, 자신이 무엇을 위해 사는지에 대해 순간순간이나마 성찰하지 않고 살다 보면, 우리는 결국 그 인생의 종착역이 어딘지를 알 수 없게 되어 버리고 마는 것이다.

삼척의료원 파견근무 중에

음치

아주 어릴 때부터 제법 노래를 불렀고 노래에 관심도 있었다. 나름 연습도 좀 했고 경험도 꽤 있었기에 남 앞에서 노래를 부르는 일은 어느 정도 자신이 있다.

TV도 없던 시절, 학교에 들어가기 전에는 밤에 마을잔치가 벌어지거나 동네사람들이 하릴없이 모이는 자리가 생기면 괜히 불려나가 노래를 불렀던 기억이 있다. 그 때 주로 불렀던 것은 '복남이네 어린아이 감기 걸렸네'나 혹은 어울리지 않게도 '클레멘타인' 같은 노래였다. 초등학교 저학년 때는 '어머니 날'에 앞에 불려나가 '높고 높은 하늘이라'거나 '낳실제 괴로움 다 잊으시고'를 부르다 눈물을 흘리면 뒤에서 지켜보시던 학부형들도 따라

울던 추억도 있다. 그 이야기는 우리 학교에서 꽤 유명해서 그 후로도 '어머니 날'만 되면 앞에 나가 노래를 부르곤 했다.

초등학교 6학년 때는 시립합창단도 했고 중고등학교 때는 합창과 중창을 제법 열심히 했었다. 또 고등학교 때는 교회에서 마음 맞는 아이들과 중창발표회까지 했던 기억도 난다. 물론 중창대회는 휩쓸다시피 했다. 대학교 때도 관악합창단과 의대 합창단의 솔리스트나 지휘자로 활약했으며 비록 조그만 교회였지만 성가대를 지휘하기까지 했으니, 따지고 보면 내 음악적 경력도 비교적 화려하다면 화려하다고 할 수도 있겠다.

노래는 쉽게 부르고 쉽게 들리는 노래가 좋은 노래다.

프로라면 어느 수준에서 극복되어야 하는 난해함의 단계가 있고, 또 프로이기 때문에 어느 정도의 수준을 유지해야 하지만, 아마추어는 그저 쉽고 아름답고 자기의 수준에 맞는 노래를 골라 듣는 사람들에게 쉽게 들려주면 그걸로 족하다. 소화도 못시키는 힘들고 어려운 곡을 부르느라 애쓰는 모습은 불쌍하고 측은하기까지 하다. 부르기 힘든 '슬픈 베아트리체'보다는 쉬운 '소양강 처녀'가 백번 낫다.

　노래에는 선천적인 부분은 하나도 없다. 오직 얼마나 노력했느냐에 따라 잘 부를 수도 있고 못 부를 수도 있는 것이다. 프로는 노력에 더해 천부적인 재능이 따라야 대가가 될 수 있지만 우리는 그저 노력하면 최고의 아마추어가 될 수 있다. 합창단에 처음 들어올 때는 음높이도 가늠하지 못하던 사람이 졸업할 때쯤에는 화려한 미성의 소유자로 변해 버리는 일은 합창단에서 아주 흔한 경우이다. 소위 노래를 못한다는, 음치라고 흔히 불리는 사람들도 몇 개월만 연습하면 남부럽지 않게 잘 부를 수 있게 해 줄 자신이 있다. 하다못해 노래방에 가서 자기가 잘 부르고 싶은 노래를 하루에 다섯 번씩 일주일만 연습하면, 그 사람은 그 노래에 관해서는 대가가 될 수 있다. 처음부터 끝까지, 한 1도 반쯤 낮거나 높게 불러 그야말로 완벽한 불협화음을 만드는 음치도 두 달 정도만 연습하면 노래를 아주 잘할 수 있다. 이것은 털끝만큼도 거짓이 없는 진실이다.

음악의 아버지 요한 세바스찬 바흐는 '음악은 인간의 영혼을 가장 영적으로 만드는 도구'라고 했다. 나는 그 말에 전적으로 동감한다.

음악을 사랑하고 노래 부르기를 즐기는 사람한테 나는 악의를 느끼지 못한다. 아무리 나의 철천지원수라 해도, 만약 그가 내 앞에서 김연준 곡의 '청산에 살리라'거나 도니제티의 '남몰래 흐르는 눈물'을 멋지게 부른다면 나는 그 사람을 기꺼이 용서해 주리라. 미사나 예배에서 그 엄숙하고 절제된 성가가 없다면 그 예식은 얼마나 딱딱하고 어색할까. 데모를 할 때 '친구의 노래'를 부르며 처절히 울었던 기억도 있다.

어느 가을, 학회가 끝나고 의국 식구들이 한자리에 모여 흥겹게 놀던 자리에서 한 교수님이 부른 노래를 나는 잊지 못한다. 모두 한 가닥씩 하는 노래 실력을 뽐내고 박수를 받은 후 그 교수님의 차례가 되었는데, 그 분은 자기가 노래를 잘 못한다는 것을 알고 있었지만 끝까지 누구보다 더 열심히 노래를 불렀고 즐거운 분위기를 지속시켰다. 그 떠듬거리고 고음처리도 안된 노래에 나는 참으로 감동을 받았고 그 후부터 그 교수님을 더욱 좋아하게 되었다.

'자기가 못한다는 것을 알지만 끝까지 진지하게 최선을 다하면 오히려 그 노래가 더욱 더 사람을 감동시킬 수가 있구나.' 라는 생각을 하였다. 잘하는 노래보다 진지하고 성실한 노래가 더 감동스러울 수가 있다.

어차피 모든 사람이 모든 것을 잘 할 수는 없다. 못하더라도 진지하게 열심히 하는 태도가 살면서 얼마나 중요한가.

정상(頂上)

정상에 서있는 사람의 이야기를 듣는 것은 언제나 유쾌하고 감동적이다.

난관을 극복한 이야기는 언제나 스릴이 있고 가슴 뭉클한 메시지가 담겨 있으며, "그래, 그렇지!"하는 감탄을 자아내게 만든다. 그 사람의 얼굴에는 광채가 나는 것 같고, 어떤 사람은 마치 후광이 있는 것 같기도 하다.

성공에 이르는 일종의 보편적인 덕목 같은 게 있는데, 그중 몇 개를 예로 들면 '성실', '진실', '자신감', 그리고 '하늘의 도움' 등등이 아닐까 한다. 그러나 여기서 '하늘의 도움'이라는 말은 하나님이 혹은 어떤 다른 신이나 하늘이 작용할 공간을 좀 넉넉하게 남겨두고 성실히 일하라는 이야기이지 아무 일도 하지 않고 기도만 하란 이야기는 아니다. 대체로 자기 힘으로만 성공을 이루었다고 이야기하는 정상인은 거의 없으며, 감히 그렇게 이야기하는 사람은 좀 덜 되어 보이기도 한다.

또 하나 재미있는 사실은 정상인들은 대체로 자신감에 차 있다는 것이다. 성공했기 때문에 자신감이 붙은 것인지 아니면 원래 자신감이 있어 성공하였는지 잘 모르겠으나, 확실히 정상인은 어영부영 살아가는 사람보다 자신감을 갖고 살아간다. 당당하고 자신감 넘치는 젊은이는 보기에도 좋고, '저런 친구라면 틀림없이 성공하겠구나.' 라는 믿음도 갖게 된다.

위인들의 전기를 읽다보면 젊었을 때 자신의 미래에 대해 고민해보지 않은 사람이 없다. 세계적인 대기업을 이끌고 있는 재벌 총수도 젊었을 때는 한낱 기업의 말단 직원이거나 가난한 독학생이었고, 그것은 바로 지금 나의 모습과 하나도 다르지 않다는 생각을 많이 하였다. 어느 누구나 젊은 시절에는 똑같았다는 생각을 하니 외롭고 괴로운 현재지만 미래에 대한 희망 하나로 너끈히 극복할 수도 있을 것 같다. 실패한 인생의 이야기도 타산지석으로 삼아 교훈으로 여기고 살면 좋겠지만 '실패한 사람의 과거가 나의 지금과 다르지 않구나.'라는 생각에 더 우울해질까 봐 되도록 듣지 않으려고 노력하고 있다.

성공담 중에서도 가장 재미있는 대목은 역경을 극복하는 장면이다. 거의 모든 성공한 사람들은 수많은 시련과 위기를 겪었기 마련이고, 역설적으로 그런 위기를 통해 성공한 경우가 대부분이다. 평범한 사람이나 실패한 사람들은 거들떠보지 않는 곳에서 위기 극복의 묘수를 발견하거나, 소심한 사람이나 비관적인 사람들은 감히 상상도 못할 대담한 방법으로 시련을 극복해 나가는 이야기를 들으면 언제나 가슴이 설레며 감탄을 하게 된다. 마치 내 자신이 그 상황 속에 있는 듯 느끼며 공감하게 되는 것이다. 한편으로는 사소한 일이나 행동, 말 한 마디가 계기가 되어 실패하거나 인생이 완전히 바뀌는 사람들을 보면서 내 자신의 말이나 행동을 다시 한번 되돌아

보기도 한다.

조그만 일이라도 최선을 다하고, 작은 만남이라도 소중하게 여기며 배려하고, 어떤 기회라도 게으름 때문에 놓치는 일 없이 도약의 계기로 삼았던 이 모든 덕목이 성공하는 사람들의 삶속에서 은연히 드러나지 않는가. 처음에는 조금 손해를 보더라도 그렇게 꾸준히 정직하게 노력하며 살면 결국 하늘이 도와주시지 않겠는가.

아버지께

-아버지학교에서 아버지에 편지를 쓰라는 미션을 받고

이십 년 전에 돌아가신 아버지께 편지를 쓰라는 말을 듣고 참으로 황당하고 당황스러웠습니다. 하늘에 계신 아버지에게 편지를 쓰라니요? 또한 지금의 제가 아버지로부터 많은 영향을 받았다는 것도 태어나 처음으로 듣는 이야기였습니다. 저는 제 삶을 오직 스스로 생각하고 결정했으며, 그래서 제 생애에 아버지의 영향은 거의 없는 것으로 생각하고 애써 아버지의 존재를 외면하고 살아왔습니다.

그러나 아버지는 저의 뿌리이므로 태어나서 처음으로 당신에 대해 한번 생각해 보기로 했습니다. 아들로서 제가 기억할 수 있는 만큼 당신의 많은 부분을 한번 생각해 보겠습니다.

저는 4남 2녀 중 막내로 태어나서 자랐습니다. 딸을 원하셨기에 또 아들을 낳았다는 제 출산 소식이 우리 집 안에 그리 경사는 아니었던 것 같습니다. 그러나 저는 어릴 적부터 명랑하고 잘 놀고 공부도 비교적 잘하는 아이로 자랐고, 그런 저를 많이 귀여워해주셔서 저도 학교생활이나 가정생활에서 남을 배려하고 자기 일을 충실히 하는 것으로 보답하였던 것 같습니다.

감정 표현을 잘 못하시는 당신은 항상 술을 마시고 들어오신 날이면 자식들을 모아놓고 지난 일들을 들추어내며 나무라고 혹은 때리기도 하셨지요. 저는 그 시간이 너무 싫어서 아버지의 귀가시간이 늦어지면 일부러 일찍 자곤 했지요. 잠든 저를 일부러 깨워 다그치며 때리던 그 시간이 너무 싫고 무서웠습니다. 저는 절대로 술을 먹고 아이들을 괴롭히지 않겠다고 다짐했고, 지금도 그것만큼은 철저히 지키고 있습니다.

아버지와의 관계에서 가장 아팠던 기억은 제가 대학시

험에 떨어졌을 때였습니다. 낙방의 충격에서 깨어나지 못한 저를, 술을 드시고 오셔서 나무라셨을 때, 그날 당신이나 저나 모든 우리 가족들이 한없이 울었던 것처럼 너무 슬펐고 싫었습니다. 시험에 떨어진 것은 제 자신이고 누구보다 가슴 아픈 것도 저이며, 또한 스스로 반성하며 새로운 다짐을 하고 있던 순간에 그걸 다시 들추어 낼 필요가 있었을까요? 물론 그 기억이 재수할 때 옆길로 새지 못하게 하는 자극제가 된 것도 사실이지만, 저는 그 일로 인해서 제 아이들이나 혹은 아래 사람들이 잘못한 것은 그 자리에서 야단치고 다시는 그 사실을 들추지 않겠다는 원칙을 세웠습니다.

당신의 급작스런 죽음도 저를 너무나 슬프고 당황하게 했습니다. 소식을 듣고 근무지인 충주에서 고향으로 내려가는 고속버스 안에서 얼마나 많은 눈물을 흘렸는지 아시나요? 장례식 사흘 내내 당신의 죽음에 무심했던 우리 가족들은 끝없이 회한의 눈물을 흘렸습니다. 그래서 저는 죽을 때는 준비 기간을 두고 정리를 해야겠다고 생각하고 있습니다. 죽음은 누구에게나 찾아오고 또한 언제 올지 모르지만, 스스로 준비하고 있어야 하고 가족들에게도 미리 준비시켜야겠다고 생각하고 있습니다.

아버지 당신에 대한 기억은 이런 아픈 것만 있는 것은 아닙니다. 아니 좋았던 기억이 훨씬 많았지요. 당신은 잘생기셨고, 호인이셨고, 또한 다방면에 능하신 분이셨습니다. 그림을 잘 그리셨고, 글을 잘 쓰셨으며 가족의 즐거움이 무엇인지도 잘 아시는 분이셨습니다. 일요일 아침에 자리에서 일어나셔서 "오늘 점심은 짜장면으로 하자."고 한마디 하시면 그날 우리 집은 모든 사람들이 동원되는 축제일이 되었던 것을 기억하십니까. 당신이 손수 밀가루 반죽을 하고 국수기계로 국수를 뽑으시면 우리 꼬마들은 옆에서 나오는 국수가락을 받쳐 들고 재밌어 하던 그 순간들. 감자껍질을 벗기고 양파를 썰고 다른 재료를 준비하시면서 행복해 하시던 어머니의 모습. 직접 돼지기름에다 춘장을 볶으시면서 하나하나 조리법을 가르쳐 주시던 인자하고 다정하던 당신의 모습이 기억납니다. 한솥 가득히 짜장을 만들어 국수에다 비벼 먹으면 세상의 어떤 음식보다 맛있고 행복했습니다. 식사가 끝나면 아이들을 데리고 나가 연도 날리고 제기차기도 하시던 모습이 저는 너무 자랑스러웠습니다.

새로운 곳으로 이사 가던 날, 그 마을 최고의 장기 고수를 불러다가 마을 사람들이 다 보는 데서 당당히 이겨 최고수가 되던 모습. 방학 때 고향에 가면 어디서 구하셨는지 지금 생각해도 큼직한 전복을 한 마리 갖고 오셔서 저만 살짝 데리고 나가 회도 치고 양념도 해서 구워먹던 기억—그것은 저의 오랜 비밀이었습니다.

아버지와 같이 고교야구장에 가서 먹던 통닭의 맛도 기억납니다. 유난히도 춥던 어느 겨울방학 때 거금을 들여 사 주셨던 오리털 파카는 지금은 잘 입지는 않지만 절대로 버릴 수 없는 나의 보물중의 하나입니다.

아, 그런 기억도 있습니다. 고 3이 되어서야 생긴 제방 책상 위에 배고프면 우동이라도 사먹으라는 편지와 함께 놓여 있던 돈 2만원. 제가 그 돈을 어떻게 썼는지는 기억이 나지 않지만 당신의 관심과 사랑을 두고두고 새기며 지금까지 기억하고 있습니다.

아버지의 좋은 모습을 생각하니 코끝이 찡해져 옵니다. 그렇군요. 아버지는 참 좋으신 분이셨습니다. 저도 좋은 아빠가 되려고 노력하고 있지만 당신의 그 배려나 마음씀씀이는 따라갈 수가 없겠습니다. 좋은 아빠가 되려는 마음도 당신에게 배운 것이라고 해야 되겠습니다. 아들로서 좋았던 점이나 나빴던 것을 기억하고, 나빴던 것은 제 아이들에게는 하지 않으려고 하는 것도 결국 아버지의 영향이라고 생각합니다.

아버지 어떻게 지내시고 계시나요? 돌아가시고 처음으로 아버님의 처지를 생각하게 되는 군요. 만약 천국이나 지옥이 있다면 어디에 계시든지 마음 단단히 잡수시고 잘 계세요. 제가 할 수 있는 일은 별로 없겠지만 오늘 이 시간부터 당신의 존재를 한 번씩 더 생각해 보도록 하겠습니다. 당신은 세상에 없지만 그 피가 제 몸에서 이어

져 가는 것을 느끼도록 해 보겠습니다. 당신의 막내아들
이 당신을 기억한다는 사실을 당신이 알 수 있도록 이 편
지가 당신에게 전해졌으면 좋겠습니다. 하나님께서 한
번 배려를 해 주세요.

갑자기 아버지가 보고 싶습니다. 20년 동안 한두 번
정도 꿈에 나타나셨지요. 그것도 감사한 일이지만, 진짜
로 한 번 다시 보고 싶습니다. 어떻게 지내시는지, 제가
혹시 도와드릴 일은 없는지, 저한테 하시고 싶은 이야기
는 없으신지. 단 한마디라도 이야기를 나누고 싶군요. 그
래 당신은 이제 저에게 잊혀진 존재가 아니라 살아있는
존재라고 말씀드리고 싶습니다. 술을 드시고 오시더라도
제가 무서워하지 않고 말씀을 잘 들을게요. 당신이 좋아
하는 따뜻한 우동국물에 소주 한잔 따라 드리고 싶습니
다.

이제 당신을 미워하지 않고 나빴던 기억은 잊으려고
노력하며 사랑해 보도록 하겠습니다. 원하든 아니든 저

는 당신의 아들이니까요. 죽을 때까지 당신의 존재를 느끼며 살겠습니다. 제가 죽어서 다시 만나 뵈었을 때 기억할 수 있도록.

아버지, 다시 만나는 날까지 부디 안녕히 계십시오.

막내아들 올림.

금연 캠페인

아무런 유익이 없다는 담배의 유용성을 굳이 따지자면 순간적인 긴장의 해소, 담배 동호인과의 유대 정도를 들 수 있을 것이다. 담배 피우는 모습이 멋있어 보였다거나 그것을 피움으로써 어른이 되었음을 세상에 공포하는 일종의 통과의례처럼 여겨졌기 때문이라는 것이 담배를 처음 시작하는 사람의 공통된 출발점인 것 같다. 그리고 일단 시작하고 나서부터는 끊지 못한다. 그것은 신체적이거나 정신적인 금단증상 때문이며, 이 증상은 워낙 심해 '담배를 끊은 놈하고는 상종도 하지 말라'는 말이 나올 정도이다.

습관처럼 애연가들에게 "담배 끊어라.", "올해부터는

금연해라.", "담배 끊으시죠."라고 이야기를 하고 다니다 들었던 한 애연가 후배의 말이 생각난다. "담배에 얽매이지 않기 위해 내가 편할 때 끊겠다. 담배로부터 자유스럽기 위해." 궤변이나마 그 정도의 자기 철학을 가지고 담배를 피운다면 나도 별로 할 말이 없다.

담배 연기를 유난히 싫어하는 나는 밀폐된 공간에서 아무 생각 없이 연기를 내뿜는 얼굴을 볼 때마다 섬찟하다. '어쩌면 저렇게 아무런 생각 없이 다른 사람을 괴롭게 만들고도 태연할 수 있을까?'라는 생각이 들기 때문이다. 그런 사람과는 좀체 가까워질 수가 없다. '남의 고통과 남의 건강에 저토록 무심한 사람이 어떻게 남의 육체의 병이나 마음의 병을 고칠 수 있을까?' 라는 생각마저 든다.

함께 있는 실내공간에서 누군가가 담배를 피우면 나는 아무리 추운 겨울날이라도 창문을 활짝 열고 환기를 하였다. 그리고 순간적이나마 그 사람을 미워하였다. 내가 미워하는 만큼 그 흡연자들은 내가 얼마나 밉고 귀찮았을까. 혹시는 그것 정도도 못 참아 주는 개인주의자, 이 기주의자라고 생각했을지도 모르겠다. 그러나 나는 담배 연기가 너무 싫고 그네들의 건강을 위해서도 흡연은 좋지 않다고 생각하기에 그런 행동이 전혀 부끄럽지 않다.

차를 몰 때마다 피가 역류하는 것을 느낄 때가 있다. 신호위반을 하거나 중앙선 침범을 하는 것은 차라리 보아줄 수 있으나 차창 너머로 담뱃재를 탁탁 털어대는 운전자는 참을 수가 없다. 불똥이 튀는 위험보다는 담뱃재에 대한 그 사람의 무관심이 혐오스럽다. 그럴 때마다 그 사람에게 이렇게 묻고 싶다. "당신은 당신 집 안방에서도 아무데나 꽁초와 재를 버리시나요?"

담배는 아편이다. 국가가 운영하는 담배회사가 이 아편들에 엄청난 세금을 매겨 비싼 값에 팔면서도 국민건강 운운하는 모습은 차라리 코미디에 가깝다. 외국계 담배회사들의 관세인하 압력과 논쟁은 백여 년 전에 있었던 아편전쟁과 다름 아니다.

삶을 아무 생각 없이 사는 사람이 습관적으로 피우는 담배에 대해서는 더 이상 무어라 말할 수는 없다. 그러나 자기에게 충실하고 남을 배려하며 사는 게 중요한 대다수의 제대로 된 사람들에게는 담배의 끔찍한 정신적, 육체적, 영적인 폐해를 깨닫고 하루 빨리 금연의 길로 동참하라고 충심으로 권하고 싶다.

네가 그것을 믿느냐

예과 때, 암울한 시대 상황과 더불어 나는 기존의 진리에 대한 불확실성 때문에 심한 몸살을 앓았다. 고등학교 때까지 알고 믿었던 사실들이, 진리라고 여겨 왔던 많은 것들이 최소한 틀렸거나 거짓일 수도 있다는 사실로 인해 큰 충격을 받았다. 그 후부터는 내가 알고 있고 믿고 있었던 모든 것-예를 들면, 하나님은 진리인 가 등-에 대해 회의하기 시작했었다. 지금 생각해 보면 터무니없지만, 심지어 부모님이 진짜 나의 부모일까라는 생각까지 했었다.

어머니의 사랑은 직접 숨결로 느끼고 젖가슴으로 더듬어 쉽게 그 회의에 종지부를 찍었지만 무정한 하나님은 끝내 침묵으로 나의 고민과 불신을 방관하고 있었다.

어떤 날은 당신이 진짜 하나님이고 진짜 나를 사랑하신다면 오늘밤 꿈속에 나타나 달라고 기도하고는 만취하여 울기도 하였다. 혹은 어떠한 모습으로라도 당신의 존재가 이 세상에 있다는 사실 하나만이라도 보여 주면 다시 믿음을 갖겠다고 매달리기도 했다. 그러나 하나님은 아무런 대답이 없었고, 그래서 '그래 신은 죽었어. 아니 처음부터 없었을지도 몰라.'라고 생각하며 점점 하나님을 포기하게 되었다.

2학년 어느 가을날, 이제는 지쳐 쓰러질 때쯤 꿈을 꾸었다.

고대 그리스나 로마시대의 옷을 입은 노인네 하나가 나타나더니(자기 이름을 말하지 않았지만 그가 피타고라스라는 것을 알았다.) "삼각형의 세 각의 합은 180°이다. 네가 그것을 믿느냐?"라고 물었다. 나는 아무런 거리낌 없이 바로 "네, 믿습니다."라고 대답했다. 그 사람은 사라지고 다른 노인네가 다시 나타났는데(그 사람 역시 자기 이름을 말하지 않았지만 코페르니쿠스란 것을 나는 알았다.) "지구는 태양 주위를 돈다. 네가 그것을 믿느냐?"라고 했고 나는 역시 "믿습니다." 하고 대답했다. 잠시 후 다시 다른 사람이 나타났는데, 그는 괴로운 얼굴로 온몸과 손에는 피가 흐르고 있었다.(나는 그 분이 예수님이란 것을 금방 알 수 있었다.) 그는 "나는 길이요 진리요 생명이니 네가 그것을 믿느냐?"라고 물었고 나는 아무런 망설임 없이 "네, 제가 그것을 믿습니다." 라고 대답하고는 잠에서 깨었다.

잠에서 깨어보니 먼동이 뿌옇게 떠오르는 새벽이었고 바람이 세차게 창문을 때리고 있었다. 나는 자리에서 일어나 무릎을 꿇었고 내 종교적 방황은 그렇게 끝났다.

주기도문

인간이 하나님께 드릴 수 있는 최선의 기도는 예수님이 인간들에게 가르쳐 주신 기도, 바로 주기도문이다. 아무리 이 세상 모든 인간의 머리를 다 짜내도 하나님이 직접 인간에게 말씀해주신 주기도문 이상의 기도는 없다. 하나님의 이름이 계속 거룩하고 하나님의 나라가 임하기를 바라는 소망과 하나님에 대한 경배, 약하고 악한 인간에게 필요한 것을 간구하는 내용, 그리고 마지막으로 인간이 가질 수 있고 가져야만 하는 가장 기본적인 믿음을 이야기하는 이 기도는 하나님과 인간의 관계에 대한 가장 평범하면서도 보편적인 사항을 모두 포함하고 있다.

중학교 때 처음 교회에 나가면서 주기도문을 몰랐을 때 다른 사람들이 도대체 무엇을 저렇게 중언부언하는지 궁금해 했던 기억이 난다. 그리고는 열심히 기도문을 외웠지만 어떤 때는 같은 시기에 외었던 사도신경과 무척이나 헷갈렸던 기억도 있다. 당시에 마음에 드는 여학생이 하나 있었는데 그 여학생에게 처음으로 말을 걸 때 그 기도에 나오는 '대개'라는, 지금도 잘 이해가 되지 않는 말로 핑계를 삼기도 했었다.

이 기도에 음악을 붙인 많은 곡들이 있다. 아마도 내로라하는 모든 작곡가들이 이 기도에 곡을 붙여보고 싶었을 것이다. 남아 있는 많은 노래들 중에서는 Mallot의 주기도문이 가장 많이 불리고 있다. 고등학교 때 이 노래를 처음 듣고 그 아름답고 부드러운 12박자의 반주와 노래에 매료되었었다.

무엇보다도 마지막의 고음으로 연속되는 클라이맥스 부분을 좋아했는데, 그것은 하나님의 무한한 사랑에 대한 감격의 외침이며 감동의 고백이었다. 나는 소프라노

나 강한 테너의 음성으로 이 부분을 감동적으로 부르는 사람을 가장 좋아하고 또 부러워한다. 합창으로는 제법 불러 보았지만 내가 이 노래를 독창할 기회는 많지 않았다. 친구인 종호의 결혼식에서 이 노래를 처음 불러 주었을 때 청중들의 반응이 별로였던 이유를 아마도 내 믿음이 깊지 않았기 때문일 것이라고 생각하며 한탄했던 기억도 난다.

음대를 가지 않은 것을 후회해본 적은 별로 없지만 이 노래를 잘 부르고 싶은 욕심에 음대에 대한 미련을 가진 적은 있다. 장엄한 테너로 목에 핏대를 세워가며 '배를 저어가자'라는 노래를 부르는 사람을 부러워해 본적은 없지만 이 주기도문을 자신 있게 부르지 못하는 내가 안타까울 때는 많았다.

결국 이 노래는 인간이 하나님께 드릴 수 있는 가장 고귀한 고백이기에 아직은 믿음이 부족한 내가 드릴 수 있는 노래는 아니라고 생각하고 있다. 그러나 혹시 언젠가 죽기 전에 단 한 번이라도 하나님이 그 부족한 내 믿음을 받아 주신다면, 그래서 천사가 그 노래를 부를 때 도와준다면, 나도 그 노래를 흡족하게 부를 수 있을 때가 한 번이라도 올지 모른다는 꿈을 가지고 살고 있다.

확률 이야기

로또에서 일등이 될 확률이 얼마인지 아시나요. 814만분의 1입니다. 그럼 가위 바위 보를 해서 열 번을 연달아 이길 확률은(비긴 것은 빼고)? 1/2의 10제곱이므로 약 1,000분의 1이 됩니다. 둘 다 아주 힘든 확률입니다.

얼마 전 뉴스에 가슴 아픈 사연이 있었습니다. 5,000만 원을 퇴직금으로 받은 부녀가 그 돈으로 로또에 투자해서 일등이 되지 못하면 자살을 하자고 약속했는데, 결국 일등이 되지 못하자 그 약속대로 했다는 것이지요. 5,000만 원으로 25,000장의 로또를 구입했다고 보면 일등을 할 확률이 814만분의 2만 5천이므로 약 400분의 1 정도가 되는군요. 그 확률은 가위 바위 보를 해서 거의 아홉 번 정도를 연달아 이길 확률입니다. 그게 가능하다고 보십니까?

미국의 주식 전문가인 워렌 버핏이 골프를 칠 때의 이야기라고 합니다. 1달러를 걸고 내기를 하던 동반자가 중간에 새로운 내기를 제안하면서 그 홀에서 버핏이 홀인원을 하면 자기가 50만 달러를 주고 아니면 버핏에게 2달러를 내라고 했는데, 그때 버핏의 대답이 걸작이었답니다.

"나는 살면서 한 번도 그런 확률이 없는 투자를 한 적이 없네."

얼마 전에 보았던 터미널이라는 영화가 생각납니다. 미국으로 입국하려던 주인공 톰 행크스가 본국의 쿠데타로 오갈 데가 없게 되자 수개월을 미국의 공항청사 안에서 지내게 된다는 내용입니다. 그중에 톰이 매일 입국 심사대에 가서 힘들게 입국서류를 작성해서 접수하는 장면이 나옵니다. 당연히 거부당할 줄 알면서도 매일 찾아오는 톰을 보고 여자 흑인 심사관이 안 될 줄 뻔히 알면서 왜 매일 찾아오느냐고 묻습니다. 그러자 톰은 확률 때문이라고 대답합니다. 당신이 승인을 할 확률도 반이고 거부할 확률도 반이 아니냐고 말이지요. 사람들은 그 장면에서 감동을 받습니다. 그리고 그 이야기가 그럴듯하다고 느낍니다. '그래, 어차피 반반이야.' 하면서 말입니다. 그러나 그것은 사실이 아니지요. 흑인 심사관이 승인 도장을 찍을 확률은 처음부터 없습니다. 제로이지요. 승인 제도가 바뀌지 않는다면 말이지요.

자살한 그 부녀가 5,000만 원으로 조그만 장사라도 하며 열심히 살려고 했었다면 로또 일등보다 더 많은 돈을 모았을 수도 있었다고 생각합니다. 그것은 로또보다 확률이 훨씬 높은 방법이고, 궁극적으로는 2분의 1의 확률이 될 수도 있었다고 생각합니다. 기도만 하고 다른 노력은 아무것도 하지 않는 사람에게 축복은 없습니다.

홍수가 나서 성당이 물에 다 잠기게 되었답니다. 성당을 지키는 신부는 다른 사람들을 모두 배에 태워 떠나게 한 후 자기도 배에 타라는 말에 이렇게 대답했다고 합니다. 하느님께서 살려 주실 것이니 어서 가라고요. 점점 물이 차서 신부는 2층으로 올라갔답니다. 다시 배가 와서 제발 타시라고 해도 신부는 똑같은 말을 되풀이하며 배를 타지 않았습니다. 물이 건물의 꼭대기까지 차고 마지막으로 배가 다시 돌아왔을 때도 신부는 하느님께서 살려 주실 것이라며 배를 타지 않았고 결국은 물에 빠져 죽었답니다. 그렇게 하늘나라로 간 신부는 하느님께 왜 자기를 살려주지 않으셨냐고 따졌답니다. 가만히 듣고 계시던 하느님께서 이렇게 말씀하셨다지요.

"나는 너에게 세 번이나 배를 보내 주었다…"

자 마지막 확률문제 하나만 더하겠습니다. 정육면체 큐브 말입니다. 색깔이 각각 다른 9개의 정사각형을 색깔별로 맞추는 그 큐브를 자기 마음대로 돌려서 모든 면이 같은 색깔이 될 확률은 얼마나 된다고 생각하십니까?

정답은 약 1조 3천억분의 1이라고 합니다. 확률이 전혀 없다고 생각하시면 되지요. 그런데 그걸 어떤 원칙에 따라 슬슬 맞추어 가면 빠른 사람은 수 분만에도 맞춘다고 합니다. 사는 게 그것과 똑같지 않을까 생각합니다.

원칙 없이, 아무런 생각 없이 하루하루를 살아 나가면 성공할 확률은 전혀 없게 되는 것이고, 처음에는 힘들어도 원칙을 배우고 그 기준대로 열심히 살아나가면 의외로 간단히 성공할 수도 있는 것이지요. 직장이나 사회에서 성공할 확률이 가장 높고 간단한 방법도 바로 이것이 아닐까 합니다.

아마추어리즘

사람마다 취미로 하는 일을 대하는 태도가 다른 것 같다. 자기가 전공으로 하는 일이 아닌데도 레슨을 하거나 많은 연습을 통해서 그 극한을 보는 것을 기쁨으로 여기는 부류가 있고, 그저 즐기면 된다고 생각하는 부류도 있다. 예를 들자면, 테니스를 배우는 사람 중에도 동호회에서 상위권에 들어서 지역대표로 출전하는 게 목표인 사람이 있는가 하면 중간쯤 하면서 그 자체를 즐기는데 의미를 두는 사람들이 있다. 전자를 잘 하는 아마추어라고 말할 수 있겠고 후자는 즐기는 아마추어라고 부를 수 있겠다. 나는 철저히 전자에 속한다. 그 부류에 들어가는 사람들은 늘 이렇게 이야기한다.

"어떤 일이든 그 끝이나 마지막, 혹은 정상에서 더 많은 걸 느낀다."

"중간에 그만두는 것은 그 즐거움을 반감시키는 것이다."

"남들보다 조금 더 잘하고 대접받는 기쁨을 아는가?"

이런 주장에 대해 후자들은 이렇게 이야기한다.

"취미는 그 자체로 즐기고 재미있으면 되는 것이다."

"자기 일에서 프로인 사람들이 왜 굳이 취미로 하는 일까지 강박적으로 해야 하는가?"

"아무리 잘 해도 아마추어는 프로만큼 잘 할 수는 없지 않는가?"

둘 다 지극히 옳고 일리가 있는 주장이다. 취미는 아무 부담 없이 즐기고 그것에서 기쁨을 느끼면 되는 것이다. 성악가가 된 내 친구가 나를 부러워하면서 해 준 이야기가 생각난다.

"너는 네가 즐거울 때 노래 부르면 되지만, 나는 내 아버지가 돌아가신 날에도 결혼식에서 축가를 부를 수밖에 없었다."

그러나 한편으로는 초보자에서 점차로 실력이 늘어가고 성장하면서 느끼는 기쁨도 무시할 수 없다. 요즘 많이들 즐기는 섹스폰 연주를 보더라도, 처음에는 소리 내는 데 급급하다가 점차로 실력이 늘고 소리가 좋아져 자기가 들어도 꽤 근사하다는 생각이 들면 남들한테도 듣게 하고 싶어진다. 자꾸 그러다 보면 조그만 공연무대 위의 한구석에라도 앉고 싶어지는 게 인지상정이다. 그런 즐거움이 없으면 취미로서의 의미나 가치가 없을 수도 있겠다.

문제는 두 부류의 사람들이 서로 불신하고 미워하는 일들이 많다는 것이다. 조금 실력이 좋은 테니스 아마추어들이 약한 사람들과는 아예 경기를 하지 않는다든지, 싱글 골퍼들이 보기 골퍼들의 돈을 다 따고 놀린다든지,

심지어는 노래방에서 자기가 노래를 좀 더 잘한다는 이유로 다른 사람의 마이크를 뺏는다든지 하는 일이 생기게 되는 것이다. 그런 간극을 메꾸는 방법은 결국 배려밖에 없다. 가벼운 농담으로 놀리기도 하고 음료수나 커피 내기 같은 것도 할 수 있지만, 그 사소한 차이 때문에 서로를 무시하고 비난하는 행위는 그 취미활동을 시작할 때의 초심을 잃은 지극히 잘못된 태도이다.

젊을 때는 사람들이 취미였던 나의 노래 실력을 부러워하고 감탄하는 걸 보면서 우쭐해 했다. 박수를 받으면 마음속으로 그럴만하다고 으쓱해 했고, 그렇게 되기까지의 노력을 인정받는 것이라고도 생각했다. 솔직히 어떤 때는 그렇게 하지 못하는 사람들을 마음속으로나마 무시하기도 했다. 하지만 나이가 좀 든 지금은 그런 취미 활동의 실력 차이가 내 인생에서 큰 의미를 가지지 못한다고 생각한다. 그저 좀 잘하는 사람이 있고 좀 못하는 사람이 있는 것뿐이다. 그게 인생의 승패를 좌우하는 일은 아니지 않은가? 오히려 좀 못하는 사람이 더 편하고 좋아 보일 때도 있다.

　고등학교 동창 모임에서 등산을 가면 체력이 약해 항상 뒤쳐지는 친구가 있다. 나는 등산모임을 가면 먼저 그 친구가 오는지부터 묻는다. 조금만 가도 힘에 부쳐하는 그 친구 때문에 우리의 스케줄이 느슨해지니 더 많이 쉬게 되고 이야기도 많이 하게 되어 오히려 분위기가 좋아진다. 어차피 프로도 아닌 바에야 그렇게 좀 쳐지는 부분이 더욱 정이 가고 그 친구가 좋아진다. 무엇이든지 시작하면 항상 제일 잘하려고 했던 내 모습이 부끄러워지기도 하면서, 어쩌면 친구의 이런 모습이 진정한 아마추어리즘이 아닐까 하는 생각도 한다.

오래된 선물

오래 전 고향 교회의 여자 친구한테서 전화가 왔다. 중고등학교 때 교회 활동을 같이 했었고 대학 방학 때도 몇 번 만났던 친구로, 개업한 소아과 의사랑 결혼을 해서 단란하게 잘 산다는 이야기는 소문으로 들었던 터였다. 그 친구는 나한테 뭔가 줄게 있다고 이야기 하면서 간단한 안부만 묻고는 전화를 끊었다. 오랜만에 통화를 하니 좀 어색하기도 하였다.

무엇을 줄 게 있다는 말일까? 나는 몇 가지의 가능성을 생각해보았다. 부동산을 권유하거나 혹은 보험을 들어달라는 이야기일수 있겠다는 생각을 하였다. 어떠한 이유든지, 가세가 기울었거나 아주 힘든 일을 당해서 급히 도움을 청하는 것이라면 힘닿는 데까지 도와줘야겠다는 생각도 하였다. 혹시는 자기의 책 같은 걸 하나 보내줄 지도 몰랐다. 고등학교 때 시도 곧잘 썼던 친구의 모습이 떠올랐다. 그렇다면 진심으로 축하해 줄 마음도 있었다.

며칠 뒤에 한 장의 편지가 왔다. 작은 메모지에 아주 짧은 한 문장의 글이 적혀 있었다.

"그때 참 고마웠어." 그리고 한 장의 백만 원 권 수표가 들어 있었다. 잠시 정신이 아득해졌다. '그때? 언제?' 잘 기억이 나지 않았다. '뭐가 고마웠지?'

한참을 생각하다가 옛날 일들이 주마등처럼 스쳐 지나갔다. 대학시험에 떨어진 후 함께 공부하고 싶은 친구들과 같은 학원에 등록했을 때 그 친구는 우리 학원에 올 수 없다고 하였다. 나중에 같은 학교 친구를 통해서 들은 이야기로는 집이 가난해서 학원비가 없다는 것이었다. 며칠간 궁리를 하다가 묘안을 생각해 냈다.

내가 받기로 되어 있었던 학원 장학금을 못 받게 되었

다고 집에다 이야기를 하고 그 장학금으로 대신 등록을
해 주었다. 공짜로 다닐 수 있는 학원을 왜 돈을 내고 다
니느냐며 큰 형님과 어머니가 화를 많이 내시던 기억도
난다. 대신 우리는 여러 명이 어울려 비교적 열심히 학원
을 다닐 수 있었다.

7월에 서울로 학원을 옮기고부터는 그 친구의 학원비
를 내 줄 수 없었고, 그 친구는 더 이상 학원에 다니지 못
했다. 늘 마음이 아팠다. 대신 매월 한 번씩 보았던 모의
고사 시험지를 가능하면 정오답의 표시가 나지 않게 덧
칠을 해서 친구에게 보냈던 기억이 난다. 서로 힘을 내
좋은 결과를 얻자는 편지도 함께.
그리고 두 사람 다 자기가 원했던 대학에 들어갈 수 있
었다. 대학 방학 때 몇 번 만나기는 했으나 결국 손 한번
못 잡아보았던 것 같다.

고향의 어느 복잡한 찻집에서 잠시 그 친구를 만날 수
있었다. 역시 생각한 대로 학원 시절의 일이었다. 그 친

구는 언젠가 그 은혜를 갚아야겠다는 생각을 항상 했다면서 적지만 그 정성을 받아 달라고 하였다. 나는 수십 년 동안 그런 생각을 하고 살았다는 것에 대해 고맙기도 하고 측은하기도 하다는 말을 했던 것 같다. 그리고는 돌려주려고 억지를 부려도 그 수표는 돌아오는 길의 내 지갑에 여전히 남아 있었다.

나의 조그만 배려와 기억도 잘 나지 않는 선행이 다른 사람에게는 평생 잊지 못할 고마움으로 남아있었다는 사실이 참 충격적이었다. '내가 그 돈을 받을만한 자격이 있을까?' 라는 회의도 들었고, '나의 조그만 무관심과 기억도 나지 않는 악행은 다른 사람을 얼마나 힘들게 했을까?' 라는 생각도 들면서 잠시 어지러웠다.

그 수표는 그 뒤로 수년간 내 지갑 속에 간직했다가 폐지처럼 헤진 후에 아주 보람 있는 모임에 기증하였다.

'남의 날'

지나가는 사람들에게 만약 오늘을 무슨 날로 정한다면 당신은 어떤 날이 좋겠느냐고 묻던 TV장면이 기억난다. 많은 사람들이 '사랑의 날'이니, '연인의 날'이니, '술의 날'이니 등등을 재치 있게 대답하고 즐거워했다. 그 장면을 보면서 순간적으로 떠오르던 대답이 있다. 이웃에게 무관심한 요즘 사회에서 1년에 하루만이라도 자기나 자기 가족이 아닌 '남'을 생각해 주는 '남의 날'이 어떻겠냐고.

복잡한 전철을 탈 때도 어깨로 밀어버리지 않고 남을 먼저 태워주는 날.
공중전화를 걸 때도 남에게 먼저 양보하는 날.

하루 외식 안하고 그 돈을 모아 고아원을 방문하는 날.

남을 위해 담배 연기를 안 뿜는 날.

자동차 경적을 울리지 않고 양보하는 날.

남의 논에 먼저 물을 대 주는 날.

남을 속이지 않는 날.

사기 치지 않는 날.

남을 위해 기도하는 날.

일 년 365일, 언제나 자기의 배만 채우고, 자기의 편리만 앞세우고, 남을 욕하고, 남이 잘되는 것을 배 아파하며 살아가는 나는 이렇게 일 년 중에 단 하루만이라도 남을 위하고, 아니면 최소한 위하는 척이라도 하고 사는 날이 있으면 어떨까 하는 생각을 해보았다.

'365일 중에서 하루 손해 본다고 해서 얼마나 큰 해를 입으랴' 라고 생각하면서 그날을 시작해 보려고 마음을 다잡아 본다. 그러나 이내 마음속에 있던 또 다른 내가 속삭인다. '365일 중에서 하루 남을 위한다고 무엇이 달

라지겠는가?' 용기를 잃은 나는 또 다시 그 유혹에 무릎
을 꿇고 여느 때와 다름없이 '나를 위한 날'을 살아간다.

나의 산티아고 순례길에서의
세 번의 위기

스페인의 산티아고 순례길을 아들과 함께 다녀왔다. 프랑스의 생장이라는 곳에서 출발하여 목적지인 산티아고까지 약 800km의 긴 여행길이었다. 발에 물집이 생기거나 천둥, 번개, 무더위 등의 천재지변 같은 누구나 당하는 어려움 말고 나는 순례를 중단할 만한 세 번의 위기가 있었다.

첫 번째 위기는 순례의 마지막 1/3이 시작되는 레온이라는 곳에서 시작되었다. 아침에 일어나니 양쪽 팔에 '베드 버그'라는, 옛날 우리나라의 빈대 같은 벌레에 물린 것이다. 양팔에 열 군데가 넘게 물린 빨간 반점이 나타났고 매우 가려웠다. 아침에 일어나서 물린 걸 알았지만 마침 그날은 호텔에 들어가서 목욕도 하고 옷과 가방까지 모두 깨끗이 세탁하여 더 이상의 벌레의 습격은 없었다.

문제는 며칠 뒤 어느 산골 숙소에서 일어났다. 지금도 그 이유와 원인을 알 수 없지만, 밤새도록 내 팔과 다리 그리고 얼굴과 목까지 벌레가 습격하였다. 너무 가려워서 밤새 전혀 잠을 잘 수가 없었고, 그 벌레들이 정말로 무서워졌다. 팔에 온통 벌레 물린 반점이 가득 차서 정상적인 피부가 보이지 않을 정도였다.

집으로 돌아가고 싶었다. 아니면 입원을 해서 내 옷이나 혹은 몸에 붙어 있을지도 모를 벌레를 처치하지 않고서는 여행을 할 수 없을 것 같았다. 하룻밤은 견딜 수 있을지 몰라도 밤의 긴긴 불면의 시간을 더 이상 맛보고 싶지 않았다.

아들에게 그 이야기를 하였고 그런 경험을 더 하고 싶지 않다고 하였다. 그러나 차마 집으로 가고 싶다는 말은 하지 못했다. 내 하소연을 듣던 아들이 갑자기 오늘은 약국에 들러서 나의 문제를 해결해 주겠다고 제안을 했다.

남의 일에 비교적 무관심한 아들이 보기에도 내가 너무 심각하고 두려움에 떨고 있는 모습이었던 것이 분명했다.

그날 힘들게 20여 킬로미터의 순례를 마치고 아들은 자기 말대로 약국으로 달려가서 무려 20유로나 들여 바르는 약과 뿌리는 약을 들고 와서 사용법을 가르쳐 주었다. 뿌리는 약을 침낭과 침대 그리고 베개에 뿌리면 주위에까지 독한 약이 퍼져 주변사람들에게 피해를 주고 또 그 약이 내 피부나 건강에 이롭지 않겠지만, 약을 뿌리고 나서는 빈대에게 다시 물리지는 않았다.

두 번째 위기는 목적지인 산티아고에 도착하기 이틀 전에 있었다. 갑자기 한국의 동생한테서 어머니의 건강 상태가 매우 좋지 않다는 문자를 받았다. 갑자기 어지러우시고 토하시면서 의식도 별로 좋지 못하시다는 것이었다. 그날의 순례를 이미 시작하고 있었지만 이런 청천벽력 같은 소식에 하늘이 노래졌다.

동네의 종합병원에서 진료를 받으신다는 문자를 받고

나는 너무 걱정이 되었고, 심각한 고민에 빠질 수밖에 없었다. 내일이면 목적지에 도착하는데 지금 바로 돌아가야 하는지 아니면 경과를 보면서 내일 목적지까지 순례를 계속할 것인지 선뜻 결정할 수가 없었다.

그런 고민을 하고 있을 때 동생에게서 다시 소식이 왔다. MRI 상에서 한쪽 뇌에 매우 큰 급성뇌경색이 의심되어 인근 대학병원으로 앰뷸런스를 타고 가시고 있다는 것이었다.

나는 순례를 떠나면서 의지를 확고히 하기 위해 돌아가는 비행기를 완전히 확정시켜 놓았는데, 그런 나 자신이 원망스러웠다. 바로 돌아가야 하는데 돌아갈 비행기가 있는지도 문제였다. 여행사에 연락을 할까 아니면 급하니 바로 공항에 달려가야 하나, 다른 친구들하고 같이 가고 있는 아들에게 연락을 할까 말까, 여기 걷고 있는 시골길에서 어떻게 해야 빨리 돌아갈 수 있을까, 혹시 어머니에게 큰 일이 생기면 그 절차를 어떻게 해야 하나, 그때까지 돌아갈 수는 있을까 등등 온갖 생각에 머리가 터질 것 같았다.

무엇보다도 연로하신 어머니를 두고 나 혼자만을 위해서 수십 일 동안 집을 비우고 있는 내 자신이 부끄러워졌다. 같이 동행하던 일행한테 말도 못하고 혼자 끙끙 앓으면서 초조하게 동생의 연락을 기다렸다. 그때 동생한테서 문자가 왔다.

"뇌경색이 아님!!! 증상이랑 안 맞음"

알고 보니 동네 병원에서 찍은 MRI 상의 영상에 인공물이 많이 생겨서 의사가 오진을 한 것이었다. 이후에도 여러 번 문자를 주고받은 뒤 나는 다시 순례를 계속할 수 있었다.

세 번째 위기는 마지막 날에 일어났다. 그날 아침 일찍 일어나 지난 삼십여 일 동안의 도전과 위기, 그리고 좋았던 것과 힘들었던 것 등을 더듬으면서 걷고 있었다. 그날은 목적지에 도착한다는 생각에 기분이 매우 좋았고 평소보다는 조금 빠른 속도로 걷고 있었다. 특히 벌레의 습격과 어머니의 발병 해프닝을 떠올리면서 이 순례는 내가 하고 있긴 하지만, 자연과 여러 사람의 도움으로 이루어지고 있다는 것을 느끼며 감사하고 있었다.

　바로 그때, 갑자기 내 왼쪽 어깨가 아픈가 싶더니 왼쪽 가슴까지 통증이 번졌다. 통증의 모양이 협심증 증세와 비슷하였다. 온갖 상상을 동원하고 내가 알고 있는 여러 방법을 다 이용해 봤지만 통증은 사라지지 않았다.

　죽음의 공포가 밀려왔다. 이러다가 쓰러지는 것은 아닐까? 협심증이 심근경색으로 이어지지 않는다는 보장이 없었다. 머리와 어깨와 팔과 다리에 하나씩 힘을 주어 보았다. 통증이 이미 한 시간 이상 지속되었으므로 협십증이었다면 이미 심근경색으로 갔을 텐데 그 크기가 너무 작아서 아직 죽지 않았나 하는 생각도 들었다. 죽을 때 죽더라도 목적지까지는 가고 싶다고 비장한 심정이 되어 기도를 하였다.

　그런데 이상한 점은 그 가슴의 통증이 배낭의 허리끈을 졸라매면 더 심해지고 그것을 좀 풀면 나아진다는 것이었다. 걸어가면서 하나씩 그 통증을 분석하기 시작하였다. 결론적으로 그것은 협심증이 아니라 며칠 전부터 있었던 왼쪽 어깨의 통증이 가슴 쪽으로 확대된 것이었다!!

의사인 내가 그런 착각을 하는 것이 우습기도 했지만 한편으로는 내가 자연과 내 주위의 도움으로 무사히 순례를 하고 있다고 느끼는 그 순간에, 그 통증은 마치 내 몸도 당신을 도와주었소, 하고 알려주는 것 같았다. 내 몸의 도움이 없었으면 어림도 없는 길이었는데 내가 나를 너무 무시하고 있다는 것에 대한 경고의 의미 같았다. 나는 발과 다리와 허리와 배 그리고 내 온몸에 힘을 주면서 각각의 지체에 진심으로 감사하다고 이야기했고 그제야 내 온몸이 편안해지는 것을 느낄 수 있었다.

800키로미터의 순례길은 어쩌면 그리 멀다고도 할 수 없고, 어렵지도 않고, 또 누구나 하는 길인지도 모른다. 하지만 나는 그 길에서 세 번의 큰 위기를 맞았다. 그것을 통해서 자연의 도전과 극복에 대한 생각과 내 주위의 도움 그리고 나 자신의 지체들의 소중함과 고마움을 느낄 수 있었다. 혹시 누가 순례길을 통해서 얻는 게 무엇인가 하고 묻는다면, 아직 잘은 모르겠으나 '그런 다양

한 위기와 경험을 통해서 자연과 이웃과 나 자신에 대해
좀 더 너그럽고 감사하는 마음을 가지게 된 것'이라고
이야기할 수 있을지도 모르겠다.

의사 되기

의과대학과 의사

(I)

나의 어릴 때 꿈은 초등학교 선생님이었다.

고등학교 1학년 말에 이과와 문과를 나눌 때 나는 아무런 망설임 없이 문과를 택했었는데, 그때는 아마 법대나 상대를 생각했던 것 같다. 그런데 평소 존경하던 국어선생님께서 나를 불러 장황하게 치과대의 우월성을 설명하시고 나서 마지막에 이런 말씀을 덧붙였다.

"네 성격에 상대를 가느니 차라리 남의 눈치 안보는 치과대를……"

나는 그 성격이란 말에 큰 충격을 받았다.

그때까지 내 성격에 대해 별 생각이 없었던 나는 "선생님께서는 나도 몰랐던 내 성격까지 깊이 생각하시고 이런 길을 안내하시는구나."라고 생각하면서 그 즉시 이과로 반을 옮겼다.

삼학년 여름방학 무렵, 나는 치과대에 관해 보다 구체적으로 알고 싶었다. 그러나 막상 교무실까지 찾아가 치과대의 전망이나 관련된 정보를 물어보았을 때 선생님께서는 이렇게 말씀하셨다.

"치대? 나는 잘 몰라."

대학입시 때 학교에서는 성적 때문에 치과대에 지원하기를 원했지만 나는 굳이 의대를 지망했고, 1년의 재수 끝에 내가 생각하고 원했던 하나의 열매를 처음으로 맺게 되었다.

(Ⅱ)

대학에 들어가서 가장 안타깝게 여겼던 것은 가지 못한 길, 그 중에서도 인문대학에 대한 미련이었다. 문과 중에서도 법대나 상대에 대해서는 쉽게 미련을 버릴 수 있었지만 인문대의 매력은 오랫동안 나에게 강렬하게 남아 있었다. 사실 고등학교 때까지 인문대라는 말만 어렴풋하게 들었을 뿐 그에 대한 정보가 하나도 없었다. 기껏 고등학교 선생님이 되는 곳 정도? 그러나 사실은 그것마저도 틀린 정보였다.

도서관에서 셰익스피어를 읽고 토론하며 고민하는 선배의 모습을 본 나는 적잖게 충격을 받았다. 그저 취미로 여기던 독서가 학문으로 될 수 있다니…

자연과학과 같이 눈앞에 실재하는 물질의 세계를 설명하는 것이 아닌, 말 한마디 글 한 줄을 갖고 고민하고 연구하는 인문학의 모습은 가히 상상할 수 없는 매력이었다. 그런 정보를 얻을 수 있는 선배나 친구, 친지가 주변에 없었던 것이 너무나 안타까웠다. 물론 고등학교 시절에는 공부에 파묻혀 무시했을지도 모르지만, 그런 문화적, 정보적 자극을 받지 못했던 것은 아직도 나에게 커다란 아쉬움으로 남아있다. 의과대학을 집어치우고 새로운 길을 갈 수 있는 용기도 없었으면서.

(Ⅲ)

의과대학 시절의 해부학 시간은 나에게 크나큰 스트레스였다. 특히 땡 시험이라고 불리는 실습시험은 의과대학에 대한 두려움과 함께 의사라는 직업에 대한 실망스러운 감정을 심어놓기에 충분했다.

실에 매어있거나 잉크로 물들여 있는 사체의 구조물 이름을 30초 안에 시험지에 적은 후 찌르릉하는 벨 소리와 함께 다음 장소로 옮겨가는 친구들의 모습을 바라보면서, 나는 그들이 마치 쥐새끼들 같다고 생각했다. 머릿속이 백지가 된 것처럼, 좌우도 구별되지 않고 이름 하나도 생각나지 않는 아득함 속에서 끊임없이 울려대는 사이렌 소리. 벌겋게 충혈된 눈을 이리 저리 굴리며 잽싸게 다음 사체를 향해 뛰어가는 나와 나의 친구들.

이런 시험을 치르면서 몇 번이나 의대를 때려치우고 싶다는 생각을 했는지 모른다. 그런데 그 후 내가 전공을 결정할 때 해부학과 가장 관련 깊은 방사선과를 택한 것은 첫 번째 아이러니였다.

병원에 들어가 직접 환자들을 보게 된 3학년 때부터는

마음이 조금 편해졌다. '힘들게 공부한 모든 것이 다 필요하구나.' 라는 생각과 '의사가 되면 훨씬 낫겠구나.' 라는 생각이 들었다.

졸업 후 국가고시에 합격해 의사가 되어 대학을 떠나는 게 얼마나 기뻤는지 모른다. 틀에 박힌 이론 공부가 아닌, 현장에서 의사로서 환자를 직접 대하며 살아있는 공부를 할 수 있다는 사실이 너무나 기뻤다. 그러나 이렇게 환자를 대할 수 있다는 사실에 기뻐했던 내가 환자를 보지 않는 방사선과를 택한 것은 두 번째 아이러니다.

(Ⅳ)

전공과를 정하면서 나는 처음부터 정신과를 하고 싶었다. 여러 가지 이유가 있겠으나 아마도 정신과가 가장 문과적 색채가 짙기 때문이었을 것이다.

의과대학 1학년 때는 절반 이상의 학생들이 정신과를 원한다는 사실은 나와 같은 생각을 가진 사람이 그 정도로 많다고 볼 수도 있겠다.

무의촌에서 3년을 근무한 후 인턴을 끝낼 무렵, 정신과 과장님을 찾아갔다. 그러나 그 분은 나의 과거나 장래의 계획 등에 대한 진지한 대화는커녕, 하다못해 얼굴 한 번 제대로 쳐다보지 않으시고 성적부터 물었다. 그리고는 내게 "그 성적으로는 무리다. 다른 좋은 과가 있으면 부담 없이 그쪽으로 가라."고 권유(?)하셨다.

　　크게 낙담한 나는 다른 과를 지원하기 위해서가 아니라 자문을 구하러 방사선과 지도교수님을 찾아갔다. "나도 본과 4학년 때까지는 정신과를 가려고 했다. 그러다 우연히 방사선과를 택하게 됐지만 지금까지 그 사실을 한 번도 후회해 본 적이 없다. 너도 방사선과를 해라."

　　이렇게 우연히 방사선과 의사가 되었다. 의과대학생이 된 것을 후회해본 적은 많았고 의사가 된 것을 후회한 적은 몇 번 있었지만 방사선과 의사가 된 것을 후회해 본 적은 한 번도 없다.

눈물, 눈 : 물

 서울에서 본 첫눈의 기억은 오래 전, 대학 본고사 전날이다.

고사장을 확인하는 그 날. 눈 구경하기가 복권 당첨만 큼이나 힘든 남쪽에 살았던 나에게 함박눈이 쏟아지기 시작했다. 어쩌면 그렇게나 펑펑 내리던지…

바로 다음 날 본고사를 치러야 했지만 나는 마지막 총 정리도 포기하고 장갑도 없이 조그만 눈사람을 만들기 시작했다. 뭐가 그리도 좋았던지 강아지처럼 뛰어다니며 눈을 뭉쳤고 삽시간에 조그만 눈사람이 만들어졌다. 나 는 그 눈사람을 바라보며 이렇게 기원했다.

"네가 내일까지 버티고 있으면 난 틀림없이 시험에 붙을 거야."

시험 날 고사장으로 향하던 길에 나는 그 눈사람을 찾으려 두리번거리다 살짝 경사진 곳에서 주르륵 미끄러졌다. 그때 이미 운명이 결정되었는지, 결국 그날의 시험에서도 미끄러져 버렸다.

합격자 발표 날, 서울행 특급열차의 창에 비치던 시꺼멓게 때가 낀 눈.
수많은 인파 속에서 밀고 밀리다 어렵게 다가선 교문 앞 합격자 게시판에는 내 이름이 없었다. 방송국 카메라가 얼굴을 클로즈업 하는 것도 모른 채 '그럴 리가 없다.'고 연신 고개를 저으며 강의실 앞 발표장으로 무거운 발걸음을 옮길 때 보았던 까치골의 흰 눈.
"등록금이 얼마야?" 엄마와 아빠가 시험에 붙은 아들과 함께 좋아하며 웃는 모습을 뒤로한 채 내려올 때 보았던 그 노란색 하늘과 얼어붙은 채 쌓여있던 흰 눈.

마지막 하행선 기차표를 예약하고 아는 사람 하나 없는 서울거리를 방황하며 보았던 그 눈.

아무도 모르는 서울 길에서 그날 밤에 사 먹었던 눈처럼 생긴 하얀 호빵. 집에 돌아와 이불을 뒤집어쓰고 숨죽여 울며 흘리던 눈물. 눈 : 물.

그렇게 세월은 흘렀다.

'그래. 그날도 오늘처럼 눈이 내렸지….'

세월이 가면

초등학생 때는 세상이 초등학생들을 위해 있다고 생각했었다. 예과 때는 대학이 예과 학생들을 위해 만들어졌다고 생각했고, 본과 1학년 때나 지금 3학년이 되어서도 그렇게 생각하고 있다.

그러나 세상은, 하다못해 우리 대학병원조차도 환자와 의사, 간호사와 직원들, 그리고 보호자 등등, 수많은 사람들로 이루어져 있다. 그럼에도 나는 모든 것을 내 위주로만 생각하고 있었다. 아마도 대부분의 사람들이 비슷한 것 같다.

사람들은 누구나 어린아이를 보면 귀엽다고 느낀다. 버스 안에서 뛰어다니며 재잘대는 초등학교 학생들을 보면서 "참 좋을 때지…"라고 중얼거리기도 한다. 그러나 그것은 어린이들을 이해해주는 말이 아니라 돌아갈 수 없는 자기의 과거를 기억하기 위한 말일 뿐이다.

가운을 입고 병실을 돌아다니다 '선생님' 소리를 들으면, 마치 옛날 초등학교 때 병원놀이를 하다가 듣던 선생님 소리가 생각나서 우습기도 하고 당혹스러워지기도 한다.

그런 '선생님'이 된 나는, 돈이 없다고 우는 보호자를 보기도 하고, 어제 보았던 환자는 죽고 바로 그 자리에서 다른 환자가 내가 손에 든 주사기를 무서워하고 있는 모습을 일상처럼 마주하고 있다. 처음에는 그렇게나 충격적이었던 광경들이 이젠 점점 아무런 느낌도 주지 못한다.

벌써 내 자신만 생각하게 된 것일까?

세월이 가면….

꿈

 누구나 자신이 가지 못한 길에 대한 막연한 그리움을 가지고 있다.

어릴 때 나는 초등학교 선생님이 되고 싶었다. 왜 그랬는지도 이제는 잊어 버렸지만, 최소한 중학교 2학년 일반사회 수업 마지막 시간에 '자기의 진로'를 말할 때 앞에 나가 자신 있게 말했던 일을 나는 똑똑히 기억한다. 내 이야기를 무심히 들으시던 것 같던 선생님이-그 여드름 많았던 처녀 여선생님이- 몇 달 후 우연히 복도에서 만나 지나가던 말로 물으시던 것까지.

'얘, 선생님 하겠다는 생각이 아직 바뀌지 않았니?'

어찌된 영문인지 그 물음에 대답한 다음부터는 선생님이 되겠다던 꿈이 깨지고 있다고 느꼈던 기억도 있다. 그

때부터 선생님이 되겠다던 꿈은 그저 하나의 추억이 되었다.

　고등학교에 가서는 학교 합창반과 교회 성가대에서 열심히 활동하면서 마음 맞는 아이들과 중창도 하고 가끔은 혼자 노래 연습을 하다가 성악가가 되면 어떨까 하는 막연한 생각을 가지게 되었다. 그 막연했던 꿈인 성악가란 이름도 꽤 오랫동안 깊이 내 마음 속에 자리 잡고 있었다. 어쩌면 성악가보다는 중고등학교 음악선생님이 되고 싶은 욕망이 나를 자극했는지도 모르지만….

　노래를 부를 때면 나는 미묘하고 변화 많은 화음 속에서 참으로 행복을 느꼈고, 평생 그 속에서 살고 싶다고 생각했었다. 중창을 할 때의 화음과 호흡들. 합창할 때의 그 절제와 장엄함. 그것이 나의 운명 중에서 가장 아름다운 모습일 것이라고 생각하기도 하였다.

　고등학교 3학년이 되어 어쩔 수 없이 학교 공부의 노예가 되었을 때, 나는 예술가나 교사의 소시민적인 힘겨운 삶보다는 누구의 간섭도 받지 않고 자기의 뜻을 펼칠 수 있는 쪽에 관심을 갖게 되었다. 아니 솔직히 말하자면 항상 그네들보다 부족하다고 느껴왔던 내가 중창을 같이 하던 5명 중에서 3명이 성악과를 간다는 말을 듣고, 다른 이들보다 잘할 수 없는 곳에다 평생을 맡길 수 없다고 생각했던 것이다.

이렇게 어처구니없는 이유로 내 삶은 바뀌었다.

그래서 나는 의대를 지원하게 되었지만, 대학시절을 합창단 지휘와 성가대로 보내면서 '여기 의대는 내가 올 곳이 못되는구나.'라는 생각을 수백 번도 더했었다. 그러던 내가 이제는 어느새 학교를 졸업하고 회전의자에 앉아 환자를 보게 되었다.

병으로 힘들어하는 사람을 치료하고 힘이 되어주는 일이 그리 나쁘지는 않다고 생각이 들면서도, 남의 생명을 다루기에 너무나 부족하고 무지한 나, 남의 고통에 이토록 무심한 나의 모습이 그네들에게 드러날까 봐 두려움에 떨게 된다.

자신의 경력과 자기의 안락한 삶만을 생각하는 의사가 과연 육체와 정신의 질병으로 고통받는 헐벗고 가난한 사람들을 진심으로 사랑할 수 있을까?

꿈은 땅 위의 길과 같다는 말이 있다. 처음에는 그저 막연하고 그곳에 있는지 없는지도 알 수 없으나, 사람들이 다니다 보면 어느새 그것은 진짜로 길이 되는 것이다. 이렇게 자꾸만 생각하고 기도하고 이루려고 노력하는 가운데 꿈은 현실이 되어 간다. 물론 꿈이 꿈으로 끝나는 경우가 더 많으며, 꿈은 꿈이기 때문에 행복할 수 있다고 이야기하는 사람도 있다. 그러나 소중한 자신의 꿈을 늘 마음에 품고 인내하고 감사하면서 그것을 향해 한 걸음씩 나아가면 그 꿈들이 하나씩 이루어지는 기적을 볼 수 있지 않을까?

인간은 꿈을 먹고 산다.

마지막 수업

 지난 토요일, 수업을 마치고 나가려는 데 학년 대
표가 교단에 올라 말을 꺼냈다.

"다들 잘 아시겠지만, 이번 시간이 저희들의 마지막
수업이었습니다. 길게는 18년, 짧게는 6년⋯⋯."

잠시 강의실 내에는 술렁거림이 있었고 성능 좋은 스
피커에서는 'To sir with love'의 주제곡이 흘러나오기
시작했다. 'Those school girl's days⋯'. 친구들은 짝
을 지어 담소하거나 담배를 꺼내 물기도 했고, 관심 없다
는 듯 그냥 나가거나 혹은 멍하니 앞을 바라보며 생각에
잠기기도 했다.

슬럼가에 있는 고등학교에서 문제아들이 모인 학급을 맡은 흑인 교사 시드니 포이티에는 처음에는 아이들의 심한 장난과 불신에 시달렸다. 그러나 그는 결국 아이들을 진실된 사랑으로 감화시키고 다른 학교로 전근을 가게 된다. 그때, 학년 초에는 가장 불량기를 보였던 루루라는 여학생이 송별파티에서 부르던 노래 – 아마도 그녀가 짧은 치마를 입고 모든 학급 친구들과 함께 눈물을 글썽이며 "선생님 가지 마세요."하면서 부르던 노래–가 바로 'To sir with love'다.

나는 그 노래를 들으며 파노라마처럼 스쳐지나가는 과거의 기억들 속으로 빠져들며 잠시 어지러워졌다.

대학 시절의 기억보다는 저 어릴 적 스포츠머리를 하고 뛰어다니던 초등학교, 중학교 시절. 의대에 들어오기로 결심했던 고등학교 2학년 초기의 추억. 무척이나 힘들었던 재수생 시절이 떠올랐다.

"그래, 결국 나는 한 사람의 의사가 되기 위해 그 오랜

학교생활을 하였구나."

나는 이런 저런 생각에 잠겼다. 수많은 만남과 이별. 실패와 좌절과 성취 등등.

안경을 만지작거리며 연신 눈물을 닦아내던 앞자리의 여학생을 바라보면서, 나 역시 괜히 마음이 이상해졌다.

'내년 이맘때는 어떤 모습일까?'

두려움과 불안감이 불현 듯 밀려왔다.

어린이 병원, 내 자리

누구나 소망하는 것 중의 하나는 자기만의 것을 갖는 것이다. 가능한 한 남의 간섭이나 관심을 받지 않고 홀로 생각에 잠기거나 즐길 수 있는 공간과 시간. 그것은 아침의 화장실과 그 시간이거나 혹은 기도하는 장소와 시간, 혹은 내 집이나 내 방, 작게는 내 책상이나 침대일 수도 있다.

어린이병원 2층의 외래 홀에는 여러 개의 의자가 있다. 그 중 본원 쪽 모서리에 있는 제일 가장자리의 의자는 내 자리다.

5년 전의 어느 날, 인턴 시험에 떨어진 나는 여러 가지 상념과 황당함과 부끄러움에 병원 내를 빙빙 돌다가 햇

빛이 환히 비치고 사람들과 차들이 분주히 오가는 바깥 풍경이 보이는 그곳을 발견했다. 나는 한쪽 다리를 의자 위에 걸친 채, 아무도 나에게 말을 걸지 않기를 바라면서 망연히 바깥세상을 바라보았다.

　-아무 의미 없이 스쳐지나가는 수많은 사람들의 표정과 차의 행렬들, 그리고 시간들-

　그리고는 한동안 그 앞을 지날 때면 '다시는 저 자리에 앉을 일은 없을 거야. 최소한 현재는 아니야.' 하는 생각을 하면서 살았다. 그런데 비가 내리던 오늘 아침, 마침 그 앞을 지나던 나는 왠지 모를 어떤 힘에 끌려 그 자리에 앉았다. '나에게 이런 자리가 있었구나.'

　'왜 이렇게 살 수밖에 없나. 왜 이렇게 힘들게 살아가야 하는가.'
　'좀 더 일을 잘할 수 없는가.'
　이렇게 부끄럽게 살아온 오늘 아침의 나를 위로해 주

는 나만의 공간⋯

　어린이병원 2층 외래 홀의 가장 구석진 곳에는 내가 힘
들어 할 때마다 나를 기꺼이 받아주는 나의 의자가 있다.

암

"이제 '사회의 암적 존재'란 말은 사라져야 합니다. 왜냐하면 암은 거의 정복되었기 때문입니다. 이제는 '사회의 고혈압적 존재'나 '사회의 당뇨병적 존재'라는 말로 대치되어야 합니다."

이렇게 강변하시던 노교수의 열강이 기억난다. 그로부터 십수 년이 흘렀지만 암은 여전히 불치병으로 남아있다. 정복되었다고 생각되는 암은 전체의 수십 퍼센트에 불과하다. 완전히 제거되었다고 믿었던 암세포가 바로 그 자리나 그 부근, 혹은 전혀 엉뚱한 곳에서 재발하기도 하고, 비교적 양성의 경과를 보이던 놈들이 수술이나 여러 가지 치료 후에 갑자기 악성으로 돌변해 환자를 고통과 죽음으로 몰아넣기도 한다.

　암은 환자와 보호자들의 눈물을 먹고 자란다. 환자가 고통과 공포에 떨며 눈물을 흘릴수록 암세포는 신체의 곳곳을 파먹으며 왕성한 식욕을 자랑하는 것이다. 그놈들은 잔인하게도 삶의 회한과 후회로 눈물을 흘리는 환자와 보호자들의 고통을 즐긴다. 자신들을 잡기 위해 피땀을 흘리고 있는 수많은 의학자들을 비웃 듯이 오늘도 암은 이 육체에서 저 육체로 옮겨 다니며 그들의 정신까지도 황폐화시키며 창궐하고 있다.

　얼마 전, 35세의 한 전도양양한 청년이 암으로 죽었다. 그의 암세포는 횡행결장을 다 파먹고 거의 완전히 막히게 만든 후, 대동맥 주위까지 파고들어 수술로는 엄두도 못 낼 지경이었다. 쇄골 위까지 림프절로의 전이가 있어 화학요법도 포기하고 두 달 동안을 고통에 신음하던 그 젊은이는 자기 병명도 제대로 알지 못한 채 죽었다. 18개월 되었던 그의 아이는 뼈만 앙상하게 남은 채 고통에 신음하는 아빠를 마지막 날에서야 겨우 한 번 볼 수 있었을 뿐이다.

그가 죽은 후에야 비로소 그의 암세포도 죽었을 것이다.

평소 존경하던 장학사 한 분이 정년을 1년 앞두고 폐암으로 병원에 왔다. 이미 악성 늑막으로 전이되어 수술은 불가능했다. 고통스러운 항암요법 때문에 그의 맑던 눈에는 백태가 끼었고 백발이 되었던 머리털마저 모두 빠져버렸다. 그래놓고도 암세포는 여전히 자신의 흉물스러운 모습을 그 자리에 그대로 드러내고 있다.

암 덩어리에 신음하는 환자를 보면서 자신이 해 줄게 아무것도 없다는 무력감에 사로잡힌 의사들은 소위 첨단을 달린다는 의학기술과 인간 능력의 한계를 절감한다.

의사가 대체 환자에게 무엇을 해 줄 수 있는가? 환자에게 도대체 얼마나 도움이 되어주고 있는가?

의사로서 나는 암에 대해 이런 이야기를 하고 싶다.

첫째, 히포크라테스의 자연치유력 이야기다.

인간에게는 모든 병을 이길 수 있는 고유한 힘이 있는데, 이것이 바로 히포크라테스가 말한 자연치유력이다. 이 힘은 즐겁고 사랑스러운 마음을 가진 사람에게 더욱 왕성하므로, 그런 사람들은 병이 들어와도 이것으로 물리칠 수 있다. 약손의 위력을 믿는 어린아이에게서 나온다는 '엔돌핀'도 겨우 일부만이 증명된 일종의 자연치유력일 것이다. 약이나 처방이란 이 자연치유력을 키우고 도와주는 데 지나지 않는다. 약을 너무 믿지 말아야 한다. 평소에 건강한 몸과 밝은 마음을 가져 몸속에 들어온 나쁜 병들을 초기에 잡아가는 게 큰 병에 걸리지 않는 길이다. 병에 걸렸을 때는 우선 반드시 나을 수 있다는 생각을 갖는 것이 중요하며, 이 자연치유력을 키우고 투지를 불태워야 한다. 병을 이기는 힘은 자연치유력의 크기에 다름 아니다.

둘째, 하나님의 섭리 이야기이다.

인간은 누구나 죽는다. 죽지 않는 사람은 없다. 그것은 하나님의 섭리이다. 삶에 너무 애착을 가지지 말라. 나에게만 너무 빨리 왔다고, 너무나 준비가 되지 않았다고 절규할 수는 있지만 그 사실을 거부하지는 말라. 내가 없어짐으로써 주위가 더 밝아질 수 있고 그것이 하나님의 뜻을 이루는 길일 수도 있지 않은가. 재산, 가족, 명예, 그리고 우리의 생명조차도 하나님께 잠시 빌렸던 것이라고 고백할 수 있도록 하자.

죽음이란 우리가 세상에서 누렸던 그 모든 것을 다시 하나님께 돌려드리는 것일 뿐이다.

암에 대해 환자와 보호자, 의사가 좌절하는 것은 인간적인 욕심 때문이다. 자신의 이익과 편리만 따지 따지는 인간들의 이기적인 생각 때문에 도저히 상상할 수 없는 수많은 일들이 현실에서 일어나는 것이다.

35세의 청년도, 어차피 죽을 인생이라면 하나님을 영접하고 갈 수 있게 된 것은 행복이다. 이 험한 세상에 내던져진 그의 부인과 아이도 지금은 그저 슬프고 앞길이 보이지 않겠지만, 결국 또 모든 것을 잊고 살아갈 수 있을 것이다. 아니 더 행복하게 살 수 있을지도 모른다. 정년이 1년 남았다던 노 장학사도 자신이 그 청년보다 25년을 더 살았다는 것은 애써 잊어버리고 있는 것이다. 아직은 더 살 수도 있다는 실낱같은 희망도 있고.

다시 생각해 보면 극복하지 못할 시련은 없다. 절대적 불행이란 없는 것이다. 생각하기 나름이고 극복해 가기 나름이다.

암은 나쁜 놈이지만 그로 말미암아 인간은 또한 가장 인간다워지는 것일지도 모른다.

기도

오래 전에 장인이 심장의 관상동맥 질환 때문에 검사를 받았다. 세 줄기의 주요 관상동맥이 모두 심각할 정도로 좁아져 있었고 동맥의 확장을 위한 여러 번의 시도는 모두 실패했다. 결국 6개월 정도 더 살 수 있다는 진단을 받았다. 퇴원 후 장인은 좋아하던 담배도 끊고 기도원으로 들어가셨다. 당시 의과대학생으로서 그 사실이 좀 못마땅하기도 했지만 어차피 현대 의학이 포기한 상태이므로 말릴 수 없었다. 그러던 어느 날, 장인께서는 철야기도 중에 당신의 가슴에서 뜨거운 기운이 넘쳐나는 것을 느끼셨다고 했다. 이제는 오래 살 수 있겠다는 확신을 받았다는 것이다. 나는 그 말을 믿지 않았다. 그러나 장인은 그 후 20년을 더 사셨다. 나는 그것이

기도의 힘이라고 믿긴 했지만, '그 뜨거운 기운이 무엇이었을까?' 라는 의문을 계속 가지고 있었다. 20년 뒤에 다시 증상이 생겨 여러 가지 검사를 하는 과정에서 드디어 그 정체를 알게 되었다. 검사결과 중요한 세 혈관은 모두 거의 막혀있었지만 그 혈관 주위로 많은 측부 혈관들이 발달해 있었던 것이다. 그때의 뜨거웠던 느낌은 그 측부 혈관들이 새로 뚫릴 때 느끼셨던 것임에 틀림없었다. 기도의 힘이 측부 혈관을 뚫게 해준 것일까?

우리 집에서 일하던 할머니의 큰 딸이 재발한 난소암 때문에 입원을 하였다. 이미 복부로 넓게 전이가 되어 모든 치료가 다 소용이 없었고 죽을 날만 기다리고 있었다. 거의 아무런 희망이 없는 상태에서 신유의 은사가 특별하다는 목사님이 오셔서 모두 같이 간절히 기도했고, 목사님은 이제 드디어 몸속의 병이 다 나았다고 선포를 했다. 할머니와 딸은 모두 기뻐했고 평화와 감사가 넘쳤다. 그리고 수 주 뒤에 딸은 쓸쓸히 죽어 갔다.

기도 후 기뻐하며 확신에 차있던 할머니의 모습을 지

금도 잊을 수 없다.

　기도는 높은 분과의 대화이며 그분께 드리는 간구이다. 그 기도의 응답은 오직 그분의 뜻에 따른다. 인간의 의지는 별 소용이 없다. 그래도 힘들 때 응석을 부리고 괜한 것을 요구하거나. 자기의 뜻대로 안되어 죽을 것 같을 때 내뱉는 비명이 바로 기도다. 미래를 알지 못하는 인간은 기도하는 게 좋다. 열심을 다한 기도로써 간구하고 매달리면 마음이 편안해진다. 정성을 다해 기도하는 모습은 참 아름답다. 미래가 불안할 때 기도할 대상을 가지지 못한 사람이 불쌍하기도 하면서도 그 사람을 이해할 수 없다. 목숨이 경각에 다다른 상황에서 "하나님 살려주세요!"라며 기도를 하지 못하는 사람이 측은하다. 미래에 대한 아무런 희망도 없이 방황하는 아들을 위해 촛불 하나 켜놓고 기도하지 못하는 어머니는 불쌍하다. 미래는 알 수 없고 내 마음대로 할 수도 없으며, 어쩌면 이미 정해져 있을지도 모른다. 그러나 그 미래를 다스리는 분이 계시고 그분이 나를 위로해 주실 분이라고 믿으며 기도하면 안심이 된다.

얼마 전에 초음파 검사를 받으시던 아주머니가 질문을
하였다. 잘 알던 사람이 건강검진을 받아서 완전히 정상
으로 판정이 나왔지만 6개월 만에 암에 걸려죽었는데 어
떻게 그럴 수 있느냐는 것이다. 나는 여러 가지 검사의
불완전함에 대해 이야기를 해주면서 한마디를 덧붙였다.

"병은 잘 발견될 수 있는 곳에 생기는 경우도 있고 그
렇지 못해 발견될 당시 이미 퍼져 있는 경우도 있으며,
병이 생기지 않는 게 제일 좋지만 생기더라도 빨리 발견
될 수 있게 좋은 곳에 약하게 생기게 해 달라고 기도해야
합니다."

불안하고 불확실한 세계에서 인간은 그렇게라도 기도
하고 사는 게 좋다.

장인의 측부 혈관의 생성이 기도의 힘인지 아니면 자

연치유력으로 생긴 것인지 나는 알지 못한다. 할머니의 딸을 위한 마지막 기도가, 그리고 그 후 잠깐의 평안이 하나님의 뜻인지 아닌지도 역시 알지 못한다. 병이 생기더라도 발견하기 좋은 곳에 생기게 해 달라는 기도가 좋은 것인지 사실 잘 모르겠다. 그저 그렇게라도 주어진 상황에서 자기의 수준만큼 기도하면 좋을 것 같다. 미래를 다 아시는 하나님이 그 기도를 얼마나 어이없어 할지는 생각하지 않는 게 좋겠다. 우리는 잊고 있어도 하나님은 언제나 우리를 기다리고 계신다.

의미 없는 소리에 불과할지도 모를 기도라도 그분은 언제나 좋아하신다는 것을 믿고 기도하는 일은 참으로 기쁘고 감격적이다.

영상의학과 의사

병력과 진찰, 청진기 같은 간단한 기구만을 가지고 환자를 진료하던 시대는 지났다. 이제는 하나에 수십억 원을 넘는 엄청난 기계들을 가지고 객관적으로 진단하고 치료해야만 한다. 어쩌면 이게 의학의 발전이라고 말할 수 있겠고 그 중심에 우리 영상의학과가 있다.

병상수가 900여 개인 우리 병원 지하 1층의 영상의학과에는 하루에 천 명 이상의 환자가 찾아와 검사를 받는다. 모든 진단의 거의 7-8할을 우리 과에서 하는 것 같다. 어떤 사람들은 우리를 의사중의 의사라고 부르기도 한다. Doctor of doctor. 아마도 그 말의 의미는 직접 환자를 돌보는 의사들을 뒤에서 도와준다는 뜻인 듯하다.

나는 환자를 돌보느라 힘들어 하는 임상의들에게 늘 미안한 마음을 가지고 있다. 환자들의 권리의식이 날로 높아지기에 그들은 조그만 실수도 하지 않도록 항상 긴장해야 한다. 외래를 보고 수술을 하면서 늘 초조해하는 동료의사들을 보면, 마치 내가 해야 할 힘든 일을 그들이 대신 해준다는 생각 때문에 항상 미안하고 감사한 마음을 갖게 되는 것이다. 물론 내가 하는 일 역시도 나름대로 보람도 있고 힘든 일도 많겠지만, 솔직히 말해 환자를 보는 의사가 진정한 의미의 의사이지 우리같이 뒤에 숨어 환자를 보지 않는 의사가 진짜 의사일까 하는 의구심도 든다. 그러나 나는 지금까지 한 번도 영상의학과 의사가 된 것을 후회해본 적은 없다.

영상의학과는 여러 가지로 좋은 점이 많다. 직접 환자를 보는 스트레스에서 약간 벗어나 있고 영상프로그램을 끄는 순간 아예 일 자체에서 완전한 자유를 얻을 수 있다는 점이 그 중 하나이다. 환자의 검사 사진을 통해 인체 내의 비밀을 들여다보고 여러 가지 소견들을 추리해서 가능성이 높은 순서대로 진단을 붙이는 일은 추리소설을 읽는 것보다 짜릿할 경우가 많다. 또한 내가 내린 진단이 다른 여러 검사를 통해 증명 되었을 때의 즐거움은 그 어떤 것과도 비교할 수 없이 크며, 오랫동안 힘들게 공부한 보람도 새삼 느끼게 된다. 다른 과와의 컨퍼런스 시간에 임상의들이 미처 발견하지 못한 병변을 발견해 주거나 새로운 진단명을 붙여주어 감탄케 하는 것도 재미있는 일이고, 일대일로 전공의들과 더불어 교육하고 토론하는 것도 참 좋다.

그 외에도 좋은 점이 많지만 내가 특별히 우리 과를 좋아하는 이유는 따로 있다. 그것은 내 몸을 내가 직접 볼 수 있기 때문이다.

내가 모르는 환자라면 컨퍼런스 시간이나 판독 시간에 진단 결과를 말해 주면 되지만 필요한 경우에는 직접 당사자한테 이야기해야 할 때도 있다.

오래 전, 산부인과 의사인 선배 한 분이 오른쪽 어깨가 아파 MRI 촬영을 한 적이 있었다. 사진 속에서 거의 10

센티가 넘는 엄청나게 큰 암덩어리가 있는 것을 보고는 함께 있던 정형외과 교수님과 나는 경악했다. 그런데 정작 옷을 갈아입고 온 본인은 그에 대해서는 아무 것도 알지 못한 채, 골프 연습을 너무 많이 해서 어깨가 아프니 어떻게 해야 할지 모르겠다며 불평을 해대고 있었다. 그 종양이 악성도가 높은 골육종일 가능성이 높다는 것을 말해주면 아마도 그 마음 약한 선배는 그 자리에서 쓰러질 게 틀림이 없었다.

그래서 아주 조심스럽게 종양덩어리를 지적해주면서, 종양은 확실하지만 암은 아닐 수도 있으니 큰 병원에 가서 다시 확인해 보라고 말해주고는 일단 그 위기를 벗어났다. 어쩌면 암이 아닐 가능성이 더 높다는 말은 거짓이었을지도 모르겠다. 나는 그 선배가 불쌍하다는 생각을 했다. 병이 생긴 것 때문이기 보다는 자신의 병에 대한 정확한 진단 내용을 자신이 모른다는 사실이 측은했던 것이다. 그 후로 내 몸의 질병은 가능한 한 내가 직접 진단하는 게 좋겠다는 생각을 하였다.

몇 년 전, 내가 우리 과의 과장으로 있을 때 병리과 과장님이 불쑥 찾아와 면담을 요청했다. 사실 병리과와는 별로 왕래도 없었고 또 일 때문에 부딪치기도 싫어서 그를 보자마자 "우리 과에서는 별로 도와드릴 게 없는데요."라고 말했다. 그런데 병리과장님은 일 때문이 아니라 내가 얼마 전에 검사한 것 때문에 왔다고 한다. 순간 갑자기 하늘이 노래졌다.

한 일주일 전에 위내시경 검사와 몇 번의 조직검사를 한 기억이 났다. 그제야 아주 공손한 태도로 그를 조용한 방으로 안내해 자세한 이야기를 들었다. 병리과장님의 어조가 그 전에 내가 산부인과 의사인 선배한테 했던 것과 똑같았다. 우리나라에서는 위에 관한 병리결과를 좀 과장되게 이야기하는 경향이 있다든가, 암이 아닐 가능성도 있으니 다른 병원에서 수술하거나 다시 진단을 받아 보고 싶으면 미리 슬라이드를 준비해놓겠다는 둥. 나는 정신이 아득해지면서도 혹시 암이 아닐 수도 있다는 말에 조금이라도 위안을 받긴 했던 것 같다. 곧바로 국립

암센터의 후배에게 사진을 들고 갔다. 후배는 사진을 보자마자 그것이 분화가 잘 된 100프로 확실한 선암이라고 말해주었다. 암세포를 가지고 있는 줄은 모르고 골프 때문에 아프다고 이야기하던 선배의 모습이 내 모습과 완벽하게 겹치면서 얼마나 부끄러웠던지. 지금도 그 생각을 하면 얼굴이 화끈거린다.

영상의학과 의사는 자기 자신을 촬영한 사진을 남들보다 먼저 보고 판독하고 감상하고, 심지어는 비밀까지 지킬 수도 있다. 혼자 있을 때 가끔씩 초음파로 내 간을 직접 보면서 지방간이 좋아지는 것을 확인하는 일은 다른 과 의사들은 갖지 못하는 즐거움이다. 여러 번 촬영한 뇌 MRI 영상을 보면서 늙어가고 있는 것도 느낄 수 있고, 언제나 가까이에 있는 다양한 장비를 이용해서 여러 질병들의 조기 진단을 할 수 있는 것도 축복받은 일이라고 생각한다.

매 순간 자신을 돌이켜 반성하고 또 남을 배려하는 것이 성숙된 인간의 도리이고 추구해야 할 바라고 가정한다면, 촬영된 자신의 몸을 누구보다 먼저, 그리고 직접 보기까지 하는 영상의학과 의사는 남들보다는 좀 더 쉽게 그런 목표에 다가갈 수 있지 않을까 우겨보고 싶을 때도 있다.

기계에서 느끼는 감상

나는 컴퓨터를 잘하지도 못하고 별로 좋아하지도 않는다. 소위 컴퓨터 대가들이 보여주는 화려한 쇼에 감탄은 하면서도 정작 그렇게 멋있게 컴퓨터를 잘 다뤄야겠다는 생각은 별로 들지 않는다. 또한 드문 경우이기는 하지만 여러 시간 공들여 해놓았던 작업이 순간의 실수로 날아가 버렸을 때는 그 말없는 컴퓨터가 얼마나 미웠는지 모른다.

얼마 전에 내 컴퓨터에 학교의 LAN을 설치하기 위해 기술자가 본체를 분해했는데 그 사람이 나를 급히 부르는 것이었다. 그는 복잡한 컴퓨터 본체 내부 한 구석에 달린 조그만 선풍기처럼 생긴 물건을 가리키며 "너무 먼지가 많이 껴서 팬이 돌지 않아요. 열을 식혀 주지 않으면 하드가 나가는 수가 있어요."라고 했다. 나는 언제나처럼 그저 잘 고쳐 달라고만 했다. 휴지로 먼지를 조금씩 털어내니 팬이 천천히 돌기 시작했고 나중에는 제법 붕붕거리는 소리를 내면서 힘차게 돌아갔다. 그때부터 나는 팬이 돌아가는 소리에 관심을 갖게 되었으며 또 장시간 컴퓨터를 사용할 일이 없을 때는 과감하게 컴퓨터를 껐다. 에너지 절약을 위해서가 아니고 팬이 저 혼자 하릴없이 돌아가는 것이 안쓰러워서다.

우리 병원의 초음파 기계는 별로 내 마음에 들지 않는다. 그중에서도 촬영버튼을 누른 다음 약 2초 정도나 기다린 후에야 다음 영상이 나오는 게 가장 나쁜 점이다. 다른 좋은 기계들처럼 바로바로 다음 영상이 나와야 나의 우아한 연속 동작이 빛을 발하기 때문이다. 한번 싫어지기 시작한 이놈의 기계는 그때부터 모든 게 미워져서 몸집이 큰 것도, 색도플러의 색상도, 영상 자체도 모두 마음에 들지 않았다.

하루는 몸이 아주 피곤했던 날 초음파를 하게 되었다. 영상을 하나 찍고 기다리는 무료한 시간에 잠시 고개를 기계 쪽으로 돌렸는데 그쪽에서 이상한 소리가 나는 것이었다. 무슨 소린가 하고 찾아보았더니 기계가 부르르 떠는 소리였다. 나는 망치로 머리를 맞은 듯이 정신이 아뜩해졌다. '이 기계는 기다리는 시간동안 최선을 다해 활동하고 있구나. 내가 자기를 싫어하는 걸 알고 기다리는 시간을 줄이기 위해 정말로 최선을 다해 온 몸을 떨며 움직이고 있구나!' 그리고 그 다음부터 기다리는 시간을 그리 싫어하지 않게 되었고, 그 기계도 미워하지 않게 되었다. 최선을 다해 노력하고 있는 놈을 어떻게 미워할 수 있겠는가.

사람을 미워한다는 것도 대부분은 그 사람을 잘 모르기 때문에 생기는 게 아닌가 한다. 그 사람을 조금이라도 이해한다면 그리 쉽게 사람을 미워하지 못할 것이다. 비록 당장은 나를 아프게 한 사람일지라도 그 사람이 최선을 다했고 또한 하고 있다는 생각을 할 수만 있다면 어찌 그 사람을 철천지원수같이 미워할 수 있겠는가.

그 두 기계를 조금이라도 더 이해하게 된 다음부터는 괜히 그 놈들에 정이 가기 시작했다. 어쩌면 내가 곧 컴퓨터나 기계의 박사가 될지도 모른다는 생각도 들었다.

'내가 나를 생각하는 것의 백분의 일만큼이라도 남을 생각한다면 우리 주위의 시기나 질투, 다툼 따위는 다 없어질 텐데…'

하릴없이 컴퓨터 앞에 앉아서 그런 생각을 해보곤 한다.

CT와 MRI, 그리고 의사

뇌신경계 영상의학과 의사인 내가 주로 하는 일은 뇌나 척추의 CT나 MRI를 보고 진단하고 연구하는 것이다. 살아있는 상태에서 신체 내의 기관이나 조직을 원하는 단면이나 방향으로 만들어내는 일은 참으로 놀라운 일이다. 사체나 혹은 생체를 칼로 잘라서 보는 것은 소위 생리적인 방법이 아니다. 거의 이십 년 넘게 이런 일을 하면서도 가끔 어떻게 이런 일이 가능한지 놀랍고 두려울 때가 많지만 한편으로는 의학 기술의 발전을 실감하기도 한다.

CT는 X-ray를 이용해 환자의 입체적인 단면상을 보는 방법이다. X-ray의 흡수, 굴절, 반사를 이용해서 조직을 간접적으로 영상화한다. 흔히 뼈는 하얗게 나오고 공기는 까맣게 나오며, 나머지 조직들은 적당한 밝기로 보이게 해서 그 차이를 보는 것이다. CT는 간접적인 영상이므로 조직의 정확한 상태를 반영하지 못하는 면이 많다. 뇌의 경우 백질과 회백질이 선명하게 구분되지 않으며 연부조직의 선명도가 그리 높지 않다. 따라서 뇌질환의 경우에는 진단에 많은 한계가 있다.

이에 반해 MRI는 조직 속의 물과 지방의 수소원자를 이용하여 영상을 만든다. 큰 자석 속에 환자를 눕혀놓고 강한 라디오파를 몇 번 때리면 그 수소원자들의 움직임에 차이가 생기고 그것을 이용해 영상을 만든다. 따라서 MRI 영상들은 X-ray를 이용한 간접적인 방법보다 조직의 모습을 보다 구체적으로 보여준다. 따라서 뇌질환의 대부분은 이것을 이용해 진단하고 연구한다. 2차원적인 영상뿐 아니라 혈류를 보거나 혹은 다른 첨단의 연구들을 할 때도 이 방법을 활용하기 때문에 MRI는 소위 현대의학의 총아가 되었다.

검사 방법의 발달 덕분에 CT의 검사 시간은 매우 짧아져 보통 5분 정도면 대부분의 검사가 끝난다. 이에 반해

MRI는 최소한 30분에서 40분이 걸린다. 가격은 CT가 MRI 검사보다 훨씬 싸서 거의 1/5 정도면 된다. 그럼에도 불구하고 오늘날 CT는 의료 현장에서 점차 잊혀져가는 검사가 되어 버린 듯하다.

MRI가 다양한 방법을 통해 갖가지 영상을 만드는데 반해 CT는 오직 X-ray만을 이용한다. 따라서 CT 사진에서 뼈와 피는 무조건 희게 보이고 공기와 지방은 까맣게 보인다. 그러나 이러한 단순함이 역설적으로 가장 중요한 사실을 잊지 않게 해주기도 한다. 예를 들면 교통사고 등의 외상 환자에게서 꼭 확인해야하는 부분은 피가 났느냐 뼈가 부러졌느냐 하는 것인데, 이것에 대해 MRI는 침묵을 지키는 경우가 많다.

여기서 CT는 자기의 진가를 발휘하게 된다. 그저 하얗게 보이면 피가 난 것이다. 이렇게 긴급한 조치가 필요한 환자의 상태를 빨리 확인할 수도 있는데다가 가격까지 착하니 외상환자에게는 CT가 MRI보다 훨씬 더 도움이 되는 것이다.

무엇보다 MRI의 단점은 영상을 만들기 위해 환자의 협조가 필수적이라는 점이다. MRI는 검사하는 동안에 환자가 절대 움직이면 안 된다. 30~40분 동안에 좁아터진 통 안에서 시끄러운 소리까지 들어가며(귀마개를 하긴 하지만) 가만히 누워있는 것은 보통 어려운 게 아니다. 검사하는 동안 한 번이라도 움직이면 그 영상들은 모두 엉망이 되어 진단을 거의 할 수 없게 된다.

거기다 폐쇄공포증이 있는 환자는 MRI 검사를 할 수가 없다. 또한 촬영하는 3-4분 동안 움직이지 않을 수 없는(숨을 쉬어야 하므로) 흉부나 복부 등의 진단에도 한계가 있다.

각각의 방법들에는 여러 가지 주의할 점들이 있다. CT는 무엇보다 X-ray노출의 위험성이 가장 큰 문제이다. 심장 CT를 한 번 찍을 때 X-ray의 노출량은 일반인들의 1년 허용치에 근접한다. 이에 반해 MRI 검사에서 가장 주의할 점은 MRI 기계 자체가 아주 강한 자석이라는 사실과 연관이 있다. 그래서 자성에 예민한 반응을 보이는 기계를 이용한 수술, 예를 들면 심박동기나 내이도수술을 한 사람은 절대 검사하면 안 된다. MRI가 발명된 1980년대 초반부터 모든 의료기기는 MRI의 자장에 견디는 티타늄으로 대체가 되었으므로 안전하지만, 그 이전에 만들어진 수술기구들은 검사 때 문제가 되지 않는다는 보장이 없다. 예전에 근무하던 병원에서는 MRI실에 금속 산소통을 들여놓았다가 그것이 검사를 받고 있던 환자에게 날아가는 바람에 큰 문제가 되었던 경험도 있다.

의사로서 나는 MRI의 다양성과 정확성을 높이 평가하고 현재도 주로 진단과 치료에 이용하고 있지만, 한편으로는 시간이 갈수록 CT를 무시하면 안 된다는 생각을 하게 된다. 각 방법의 특성이 있고 그걸 잘 이용하면 되는 것이다. MRI가 다양한 맛을 화려하게 보여주는 퓨전 레스토랑이라면 CT는 옛 맛을 잃지 않은 설렁탕집 같다는 생각도 해본다. 둘 다 의미가 있다.

결국 기계도 사람과 비슷하지 않을까 싶다. 화려하고 멋있는 새 친구도 좋지만 조금 어눌해도 변치 않고 반겨주는 고향 친구도 좋지 않은가.

닮고 싶은 선생님, 박재형 선생님

살면서 닮고 싶은 사람이 있고 닮기 싫은 사람도 있다. 또 절대로 닮기 싫은데 저절로 닮아가는 사람도 있긴 하다. 나에게 박재형 선생님은 꼭 닮고 싶은 선생님이시다.

선생님의 타고난 유머와 소탈함을 닮고 싶었다. 팽팽한 긴장감이 흐를 때 한마디 툭 내던지는 선생님의 농에 까르르 웃음이 터지고 나면 어느새 분위기는 다시 따뜻해진다. 내가 분위기를 좌우할만한 위치에 있게 된다면 선생님처럼 겸손하고 소탈하게, 쓸데없이 무게를 잡거나 현학적인 태도를 삼가하며 살아야겠다는 생각을 한다. 깊은 연구와 많은 경험에서 우러나오는 주옥같은 지식과

정보를 마치 어린아이에게 맛있는 과자를 툭 던지듯 우리에게 알려주실 때 느꼈던 그 소름 돋는 감동. 나도 제자들에게 그런 감동을 나눠주려고 노력하고 있다.

선생님의 끝없는 기도와 하나님에 대한 사랑을 닮고 싶다.

항상 기도하고 위로하고 열심히 당신의 달란트만큼 남기시려고 노력하는 모습은 참으로 보기에 좋다. 얼마 전 내가 작은 병에 걸려서 치료를 받고 알려드렸을 때 해주셨던 말씀을 잊을 수 없다. "하나님께 가까이 오라는 뜻이다…" 자신의 믿음을 강요하거나 치우치지 않으면서도 그 믿음을 굳게 지켜나가는 사람을 보는 것은 천국이니 내세니 하는 것들을 굳이 들먹이지 않아도 될 만큼 아름답고 감동적인 일이다.

자신에게 엄격하고 남에게 한없이 관대한 모습도 배우고 싶다.

당신이 힘들 때도 얼굴 찡그리시는 것을 본 적이 없고

화가 난다고 소리를 지르는 모습을 본 적도 없다. 늘 조근조근 정제된 언어로 상대를 배려하며 신중하게 말씀을 하신다. 그렇기에 선생님께서 "그래 괜찮아." 하는 말씀은 엄청난 일이 벌어졌다는 걸 의미했다. 색전술을 한참 하고 체크를 받을 때 선생님이 갑자기 "그래 괜찮아." 하시면 그때는 갑자기 하늘이 노래진다. 종양인줄 알고 사정없이 쏘아댔던 약이 담낭벽에 들어간 것을 보시면서 괜찮다고 하신다. 다만 오늘 밤에 환자를 잘 관찰하라고 주치의한테 꼭 이야기하라는 말을 덧붙이실 뿐이었다.

4년차 마지막 일렉티브를 혈관촬영실에서 돌게 되었을 때 나를 조용히 방으로 부르셔서 일주일에 이틀씩, 오후에 공부할 수 있는 시간을 내주시고는 당신이 그 시간에 직접 색전술을 하셨던 일을 어찌 잊을 수 있겠는가. 내가 힘들면 다른 사람들도 힘들기 마련이다. 나의 조그만 친절과 배려가 남에게는 수십 배의 크기로 전달될 수도 있다. 그렇게 되면 이 메마른 세상을 좀 더 긍정적으로 살아나갈 수 있는 희망을 갖게 되지 않겠는가.

타인에 대한 배려의 마음을 닮고 싶다.

좋은 일은 같이 기뻐해주시고 슬픈 일은 누구보다 더 가슴 아파하시던 모습이 언제나 떠오른다. 의사로서 평생을 병과 죽음, 그리고 그 구원 속에 사셨으면서도 언제나 따뜻한 모습을 보여주시는 것은 참으로 감동적이다. 선생님은 다른 분야에 관심을 두고 있던 나를 오랫동안 지켜보시고 영상의학과에 지원하도록 권유해주셨다. 또한 선생님은 그 후 석박사 과정의 지도교수님으로서 항상 격려하고 충고를 해주시면서 힘들어 포기하려는 나를 채찍질해서 결국은 학위를 따게 만들어 주시기도 했다. 합창단 지도교수 시절에는 공연 직전에 빵과 우유, 다과, 심지어는 사과까지 봉투에 넣어 모두에게 나눠주시면서 격려를 하셔서 힘들었던 공연을 기쁘게 마치도록 해주시기도 했다. 따뜻한 마음씨와 배려. 나는 지금껏 아무리 노력해도 그 절반의 절반에도 미치지 못하고 있으니 제자로서 너무나 부끄럽다는 생각도 한다. 그러나 늘 이기적이기만 한 내가 그런 배려의 마음을 조금이라도 가지려고 노력하는 것은 오직 선생님의 무언의 가르침 덕분이다.

선생님의 학문에 대한 열정과 해박한 지식, 많은 경험과 뛰어난 테크닉, 그리고 엄청난 연구도 배우고 싶다.

선생님이 내놓은 연구결과들은 수없이 많은 환자들을 직접 시술하고 대화하고 고민해서 내놓은 것들이다. 남이 해 놓은 것을 베끼거나 차용해서는 그런 결과를 얻을 수 없다. 국내 최초로 TIPS를 시술하는 도중에 못하겠다고 일어서 버린 환자를 조근조근 달래어 결국 성공시킨 에피소드며, 인터벤션 도중에 생기는 여러 합병증들을 그야말로 조자룡 헌 칼 다루듯 해결했던 수많은 일화들은 아직도 인구에 회자되고 있다. 오래전에 이미 내과로 넘어가버린 관상동맥혈관 촬영을 도저히 할 수 없다면서 내과 의사들이 도움을 청해올 때면 번개처럼 날아가셔서 단칼에 해결하고 돌아오시곤 했다. 그 모습을 보면서 나도 덩달아 어깨가 으쓱해졌던 기억이 생생하다.

현대는 존경하는 사람을 잃어버린 세대이다. 추기경이 밑의 신부들로부터 노망들었다는 이야기를 듣는 세상이다. 이런 시대에 닮고 싶고 존경하는 사람이 있다는 게 얼마나 행복한 일인가!

늘 마음에 지닌 채 노력하며 살다보면 어느새 자기도 그렇게 되어 버리는 큰바위 얼굴 같은 분이 선생님이 아닐까 생각한다. 그런데 어느새 정년을 앞두시게 되었다니, 30년 전에 선생님 방에서 처음 뵙던 초롱초롱했던 젊은 시절의 모습이 기억난다. 내과나 외과 같은 멋있는 과를 하시지 왜 하필 방사선과 같은 생경한 과를 선택하셨을까 하면서 실망했던 기억이 있다. 그로부터 오랜 세월이 흐르고 세상도 나도 바뀌었지만, 선생님의 따뜻한 마음씨와 다정한 눈빛만은 한결같이 변함이 없다. 선생님을 만나지 않았다면 내 인생이 어떻게 달라졌을까를 생각하면 잠시 어지러워지기도 한다.

지금까지 수많은 난관을 슬기롭게 헤쳐 나오신 모습을 생각하면 정년 후 펼쳐질 제 2의 인생에도 많은 사랑과 축복이 넘쳐나시리라 믿는다. 과연 선생님께 또 어떤 수많은 기적들이 일어날까?

네 가지 질문

젊고 푸릇푸릇한 학생들을 늘 곁에 두고 가르칠 수 있는 것은 정말로 고마운 일이다. 나이가 들어서도 젊은 마음을 유지할 수 있는 것은 아무나 얻지 못하는 특권이다. 내가 또래의 회사원이나 개업한 동기 의사들에 비해 좀 더 젊어 보이고 어쩌면 어리기까지 한 것은 모두 학생들 덕분이다.

3학년 학생이 우리 과로 교육 오는 날은 마음이 설렌다. 학생들은 나에게 새로운 영감과 깨달음을 주고 세월의 변화를 느끼게 한다. 나는 적게는 네 명에서 많을 때는 열 명까지 되는 젊은이들을 하루 종일 데리고 다니면서 가르치거나 한편으로는 배우기도 한다. 특히 기존의 질서에 반항적인 학생이 툭툭 던지는 한마디는 나를 자극하고 기분 좋게도 한다.

나는 실습 나온 학생들에게 항상 네 가지 질문을 한다. 네 문제를 다 맞히는 조에게는 기분에 따라 커피를 사주거나 혹은 점심을 사기도 하고, 때로는 와인까지 곁들이는 경우도 있다. 족보라고 하는, 그 전의 학생들이 배우고 느끼고 혹은 절대로 해서는 안 되는 금기 같은 비밀스러운 내용을 다음 학생들에게 전달하는 문서에도 이 네 가지 문제만큼은 절대 누출하지 말라고 신신당부를 한다.

첫 번째는 피에르가르뎅 회장이 즐겨 사용했던 "결정은 OO같이, 한번 결정한 것은 미친 듯이 끝까지." 라는 문장의 빈칸을 알아맞히는 문제이다. 두 음절로 된 우리나라 말이라는 힌트와 함께 몇 분간 학생들이 자유롭게 토의할 시간을 준다. 모두들 진지하게 토론하는 것을 보면서 나는 전사실로 가서 커피나 차를 한잔 마신다. 그리고는 학생들 각자가 한 가지씩을 말하게 하고 그렇게 생각한 이유도 함께 설명하도록 한다. 조원들 중에 한 명이라도 정답이 있으면 맞는 걸로 했기 때문에 모두가 매우 진지하다. 그중에 상상 밖의 엉뚱한 오답이 나오면 다 같이 웃기도 하고 또 이유가 그럴듯하면 고개를 끄덕이기도 한다. 가장 많이 나오는 오답은 번개이다. "결정은 번개같이…" 진짜 그럴듯한 오답 아닌가? 또 운명이라는 오답도 많다. 천둥, 총알, 또 어떤 친구는 "설사같이…"라고 큰소리로 대답해서 주위를 웃기기도 한다. 그런데 정답은 바로 '도박'이다. 즉 "결정은 도박같이…"라는 말이다.

피에르가르뎅 회장은 몇 가지 안이 올라오면 그중에서 주사위를 던져 결정했는데 실패한 적이 별로 없다고 한다. 최후까지 올라온 그 제안들 모두가 훌륭한 것들이기 때문이다.

가장 훌륭한 것은 잘된 결정을 하는 것이고, 그다음은 잘못된 결정을 하는 것이며, 가장 나쁜 것은 결정을 못하는 것이라는 설명도 덧붙인다. 잘못된 결정은 잘못되었을 때 고치면 되지만 결정하지 못하면 고칠 것도 없는 것 아닌가?

백화점에서 끝없이 물건을 고르던 여자들이 나중에 집에 가면 자기가 골랐던 것을 거의 아무것도 기억하지 못한다는 말도 있다. 일단 결정하면 직접 사는 게 중요하다. 안사고 후회하는 것처럼 미련한 일도 없다. 가끔 옆에 마음에 드는 이성 친구가 있으면 속으로 끙끙 앓지 말고 고백하라는 이야기도 한다. 그래서 안 되면 미련 없이 포기하고 다른 여자를 만나면 되고, 그렇게 사귀다가 아닌 것 같으면 헤어지면 된다는 쓸데없는 말까지도 한다.

두 번째는 한자 문제이다. 鈍筆勝聰을 쓰고 그 직역과 의역을 묻는다. 물론 각 글자의 뜻과 음은 이야기해준다. 둔할 둔, 붓 필, 이길 승, 총명할 총. 둔필승총. 이 문제는 두 사람에게 기회를 준다. 주로 조장이 조원들과 토의한 후에 뜻을 이야기한다. 가장 많은 오답은 '열심히 노력하는 게 총명함보다 낫다' 라고 하는 것이다. 정답은 '글을 써두는 게 총명함보다 더 낫다' 이다. 아무리 머리가 좋고 오래 기억하는 사람도 기록하는 사람을 이길 수 는 없는 것이다.

만화가 허영만 화백은 잘 때 머리맡에 필기구를 두고 가끔 밤에 꾼 꿈을 기록하는데, 절반은 다음날 기억이 안 되지만 나머지 기억되는 꿈들이 대박의 아이디어가 되기 도 한다는 이야기며, 의대에 들어올 때의 순수한 마음을 기억하지 않으면 지금의 나같이 이기적인 중년이나 노년 이 될 수밖에 없다는 이야기도 해준다.

또 JAL 항공기 사고 때 승객들이 죽기 몇 분 전에 기 록한 가족들에게 전하는 사랑의 메모가 전 일본을 울렸 던 이야기나, 비록 그 강의 내용은 전혀 기억을 못하지만 이십 년 전의 특강시간에 기록해 두었던 강의 제목과 강 사 이름이 지금까지 도움을 주었던 사례 등도 들려준다. 기록은 그만큼 중요한 것이다.

세 번째는 뇌해부학에 관한 문제이다. 한 30분 정도 뇌해부학 강의를 한 후 거의 마지막에 내는 문제로, 뇌의 중앙 가장 뒷부분에 있는 정맥동의 이름을 묻는 문제이다. 기원전 6세기 경 히포크라테스 시대에 살았던 해부 학자의 이름이라는 힌트가 주어진다. 정답은 갈렌 정맥 인데, 이 문제는 물론 거의 대부분이 맞힌다. 네 문제 중에 좀 학문적인 구색을 맞추기 위해서 내는 것이기는 하지만 거기에 몇 마디를 덧붙인다. "16세기쯤에 허준은 자기 스승의 배를 한 번 가른 것으로 당대의 제일 유명한 의사가 되었지만, 갈렌은 기원전 6세기경에 수없이 뇌를 갈라본 후 자기 이름을 딴 정맥을 명명했다. 이게 양의와 한의의 수준 차이다." 등등. 여기서 흥분해 우리나라 의료보험의 문제점과 한의사와 약사 이야기까지 나오면 걷잡을 수 없게 되는 경우도 가끔씩 있다.

네 번째 문제는 오전 강의가 거의 끝날 때쯤에 낸다.
구약시대 이스라엘의 왕 다윗이 금세공업자에게 큰 금 반지를 만들게 하였다. 그리고는 그에게 반지에 글을 새겨 넣되 슬플 때나 기쁠 때나 즐거울 때나 괴로울 때나 다 통용이 되는 것으로 써 넣으라고 명령했다. 그래서 그 세공업자는 몇 날 며칠을 끙끙대며 고민하였다는 이야기를 들려준 후 학생들에게 예비문제를 낸다. "이럴 때는 어떻게 해야 할까?"

이것은 우리가 살아가는 동안 힘들고 어찌할 바를 모르는 상황에 부딪쳤을 때 해결책을 찾는 방법에 관한 문제인데, 가끔씩 도망을 간다고 대답하는 경우가 있어 모두 박장대소하기도 한다. 정답은 '자기의 멘토를 찾아가서 고민을 이야기하고 해답을 얻는다.' 이다.

학부 생활이나 전공의 생활도 힘들고 의사 생활도 힘들지만, 어려움을 당할 때는 혼자 고민하다가 이상한 결론에 도달하지 말고 반드시 자기의 선배나 선생님, 혹은 친구나 후배라도 찾아가서 의견을 구하는 게 좋다. 그렇게 했을 경우 의외로 쉽게 일이 풀리는 경우가 많기 때문이다.

어쨌든 사례로 들었던 이야기의 결말을 보자면, 세공업자는 당대에서 가장 지혜롭다는 다윗의 아들 솔로몬을 찾아가 도움을 청했고 그가 별 고민도 하지 않고 던져준 한마디를 반지에 새겨 넣은 후 다윗에게 큰 상을 받았다는 것이다. 그럼 세공업자는 과연 무엇이라고 써넣었을까? 이것이 네 번째 문제이다. 참 신기하게도 열에 한 두 명은 이 문제를 맞힌다. 대부분이 어디서 들어본 말 같다고 한다. 정답은 '이것 또한 지나가리라'이며 영어로는 'This, too, shall pass away'이다.

오전의 강의는 이렇게 첫 번째 문제로 시작해서 네 번째 문제로 끝난다. 어느 정도 해부학적인 지식도 지니게 되었고 또 강의 이전에 간단한 오리엔테이션을 마친 뒤이기 때문인지 아이들의 눈빛이 반짝거리는 걸 느낄 수 있다. 무한한 가능성을 지닌 채 하나라도 더 배우려고 노력하는 제자들을 가르치는 일은 정말로 즐겁고 기쁘다. 이런 일을 가질 수 있도록 나를 인도해 주신 선생님들께 감사한다. 단지 먼저 태어났기 때문에 가르치는 게 아니라 남들보다 더 많이 생각하고 경험했기에 가르치는 것이다. 그런 소중한 지식들을 후배나 제자들에게 전해주는 일. 어쩌면 바로 그런 일을 한다는 자부심이 내가 사는 의미가 아닐까 하는 생각도 한다.

나를 감동시키는 것들

눈물이 감동을 주는 것은 그것이 진실함과 절실함을 필요로 하기 때문이다.

절실한 사람은 아름다워 보인다.

아무리 작고 하찮은 일이라도 열심히 몰입하고 있는 사람은 아름답다.

비록 음치라도 열심히 노래 부르는 모습은 감동적이다.

가난한 사람 속에 둘러싸인 테레사 수녀의 모습은 아름답다.

노벨상이 오히려 그녀의 참모습을 가리는 듯하다.

가을날의 황혼 속에서 낙조를 바라보는 여승의 콧날은

아름답다.

중정에 물끄러미 앉아 분수대 위로 떨어지는 물방울을 바라보던, 이제는 그 이름도 아련한 여인.

절실한 사랑을 하는 사람은 사람다워 보인다.

자존심만 내세우며, 아무 의미 없는 말 한마디에 헤어지고 다른 사람을 찾는 모습은 보기에도 역겹다. 그런 사람이 진실한 사랑을 알 수 있을까?

바보스러울 정도로 열심히 일하는 사람.

– 성호 형이야말로 나를 감동시키는 사람이다.

신념을 지켜나가는 사람들의 모습은 참으로 아름답다.

인턴 일기

4학년이 되면 괜히 우울해진다.

졸업, 사회생활, 학점, 미래의 불확실성, 지나버린 과거에 대한 후회, circle 생활, 결혼 등등. 그 모든 것들이 나를 심란하고 불안하게 한다. 이런 것을 본4 syndrome, 혹은 medical senior syndrome이라고도 부른다.

이것은 당해보아야만 그 괴로움을 알 수 있고, 설혹 알더라도 별 치료법이 없다는 게 문제다. 그러나 말기에 가서는 그 불안에서 벗어나 의대 생활 중 가장 여유 있고 인간미 넘치는 관계를 형성하게 되기도 한다.(예과 때 친했던 아이와 오랫동안 아무 말 않고 지내다가 둘이 누가 먼저랄 것도 없이 서로 웃고 대화한다든가, 시험 때 어렵게 구한 예상 문제를 복사해서 친구들에게 한 부씩 돌린다든가…)

의사가 되고나서부터는 그 전과는 전혀 다른 생활이 시작된다.

무엇보다 먼저 자신과 남에게 좀 더 관대해지는 것 같다. 가운을 걸친 동료들에게 존경과 우정을 느끼게 된다. 이제는 진정한 프로의 세계로 뛰어든 것이다. 그때쯤에는 부족한 지식을 안타까워하기도 하고, 좀 더 공부를 열심히 안했던 것을 후회하기도 한다(그때는 본과 2학년 때 들으며 별로 중요치 않게 여겼던 예방의학 역시 의사가 되는데 있어 중요한 부분이라는 생각이 들게 된다.).

힘든 의대 생활을 해 나가는 후배들이 가끔씩은 하늘도 보며 조금만 여유로워 졌으면 한다. 예방의학 노트를 잃어 버렸다고 친구들을 불신하며 미워하는 일 같은 것이 없기를 바라는 것이다. 전문의가 되더라도 의사의 생활은 쉽지 않으며, 이 어려운 생활을 슬기롭게 이겨 나가는 길은 자신과 다른 사람들에게 좀 더 관대하고 여유로워지는 것이라고 나는 굳게 믿고 있다. 다른 사람들을 이해하지 못하면서 어떻게 그 사람을 치료할 수 있겠는가?

남에 대한 배려가 없이 어떻게 사회까지 고치는 대의(大醫)가 될 수 있겠는가?

저 거대한 병원 안에는 눈을 이리저리 굴리며, 그 좋은 머리로 힘들고 피곤하게 살아가는 많은 의사가 있다. 그 머릿속에는 오로지 자기의 출세, 그리고 보다 넓은 평수의 아파트와 값비싼 외제차 같은 것만 가득 차 있는, 남을 무시하는 마음과 비굴하게 아부하는 마음만 넘쳐나는 수많은 의사들이 있다.

–참으로 그런 의사가 되고 싶지는 않다.

신은 누구에게나 평등하여 누구에게나 똑같은 시련과 축복을 주신다. 신은 나뿐만이 아니라 다른 사람 모두를 사랑한다고 믿는다면 우리의 삶이 좀 더 풍족해지지 않을까? 그러면 힘든 의대생활을 좀 더 쉽고 여유롭게 할 수 있지 않을까?

예방의학 노트를 잃어버렸다고 친구를 불신하고
절망하는 후배를 보며

레지던트 일기

여백이 있다는 것은 얼마나 감사한 일인가.

열린 가능성으로서의 여백, 혹은 의미가 있든 없든, 걸작이든 낙서든, 마음 내키는 대로 그려나갈 수 있는 자유로운 공간으로서의 여백.

이렇게 여백은 무한한 가능성이며 자유인 것이다.

밖에서는 수시로 호루라기가 울어 대고, 안에서는 각자에게 할당된 임무들을 자신들의 스케줄에 따라 열심히 주어 담고 있다.

여기 도서관 안에는 잠에서 막 깨어나 이마에 sleeping mark가 찍힌 채로 멍한 눈으로 앞을 바라보는 아이와 책이 찢어져라 줄을 북북 그어대며 쌓인 피로로 발개진 눈을 부지런히 돌리는 아이들이 있다. 잘 정리된 노트를 복사하기 위해 여기저기 기웃거리며 돌아다니는 아이. 소곤대는 커플들. 신문을 보는 아이. 휴게실에서 잡담하는 아이. 성경책을 보는 아이. 혹시는 어젯밤에 나누었던 격렬한 입맞춤을 생각하며 미소 짓는 아이도 있을지 모른다.

나는 지나간 몇 년의 세월을 돌아보며 잠시 상념에 잠긴다.

나의 결혼과 전공과 나의 생활 등등, 지금의 나는 어디서 시작되었는지….

'그래 알게 모르게 내가 원하는 대로 되어 왔을 것이다.'

'아니 그건 중요한 게 아니지.'

'나는 어디로 가고 있지? 나의 수 년 뒤의 모습은? 기도하지 않는 나는?'

지금까지 자신의 미래를 별로 심각하게 생각해 보지

않았던 나는 잠시 현기증이 난다.

어떻게 될지는 모르겠지만 어떻게 되고 싶은지는 생각해 두어야 하지 않을까 하는 자책감 속에서 바람직한 수년 뒤의 내 모습을 그려본다.

일단 전공의를 마치고 방사선과 전문의로서 취직이 되어 있을 것이다. 그리고 우리 기준이는 제법 컸을 것이고 마누라도 나름대로 인생의 관록이 붙었을 것이다. 어쩌면 조금 더 큰 차와 집을 가지고 있을 지도 모르겠다. — 기껏해야 이런 속물적인 생각밖에 떠오르지 않는다.

그렇다면 진정 바람직한 나의 모습은 무엇일까?

— 좀 더 열린 마음으로 남을 받아들이고, 사랑하고, 자신의 길을 열심히 가는 나.

그리고 무엇보다 항상 기도하는 나.

공보의 일기(I)

반드시 여유를 가지고 해야 할 일들이 많다.

따뜻한 물로 하는 목욕. 식사 중에서도 정찬. 다른 사람에게 줄 선물 고르기. 기도….

그리고 여기 서클룸에 오는 일도 그래야겠다.

앉았다 섰다하며 한 시간 동안이나 하릴없이 서성거리다 이제야 겨우 기분이 가라앉는다. 이제야 피아노가 보이고 기타가 보인다. 서클룸에 들어올 때 이미 흐르고 있던 음악도 이제야 비로소 제대로 귀에 들어온다.

나도 의대 공부가 무척 힘들었다.

휴학도 몇 번이나 생각했고, 도서관에 앉아 공부하다가도 그 시간이 아까워 밖에 나가 아무나 붙잡고 술을 마시기도 했었다. 인간미 없는 의사가 되기 싫다는 것이 공부하는 시간을 아깝다고 생각한 이유였다. 그때는 달달 외우는 틀에 박힌 공부보다 인간미를 키우는 게 더 중요하다고 여겼다. 의대의 분위기를 싫어했던 것도 내 게으른 의대 생활의 한 가지 이유였다. 팽팽한 긴장감과 경쟁으로 내 자신을 잊어버리고 있다고 몇 번이나 일기장 속에서 독백을 하곤 했다.

자퇴할 용기는 없고 그럭저럭 졸업을 해서(not success but survival) 여기 보건지소에서나마 의사가 되었다. 병을 고치고 못 고치고를 떠나 의사로서의 생활은 의대생보다는 좀 견딜 만 하였다.

청진기를 대지 않으면 진찰했다고 믿지 않는 환자를 대하면서, 진료를 할 때는 의사가 절대자와 같은 권력을 행사하게 된다는 사실에 전율했던 경험이 몇 번 있었다. 응급환자를 몇 명은 죽이고 몇 명은 살리는 경험 속에서, 의사는 정말 많은 것을 알아야 한다는 생각이 자꾸만 떠올랐다. 많이 안다는 것은 자기를 절대적으로 믿는 환자들에 대한 최소한의 예의가 아닐까.

많이 안다는 것이 의대 생활에서 학점이 좋고 나쁜 것과 같은 것인지는 잘 모르겠다. 아마 내가 레지던트를 마치고 전문의쯤 되어보면 알 수 있겠지.

한 가지 확실한 것은, 의대 생활이 아무리 힘들더라도 언젠가는 그렇게 힘들게 배운 공부가 의사가 되는 데 도움이 될 것이라는 믿음을 갖고 참고 견디는 게 중요하다는 사실이다. 사는 방법은 여러 가지이나 그 원칙은 확실히 가지고 있어야 한다.

힘들게 공부하고 있는 내 귀여운 후배들에게
격려를 보내며.

공보의 일기(Ⅱ)

햇볕이 따뜻한 토요일 오전이다.

라디오에서는 사랑이 없으면 아무 것도 아니라는 내용의 노래가 무심히 흘러나온다.

어제와 조금도 다르지 않은, 그야말로 안정이라는 말이 완벽하게 어울리는 시간이다.

안정! 지난 7년간 내가 그 얼마나 갈구했던 단어인가.

그동안 급박하게, 너무도 급박하게 돌아가던 주변의 상황이 얼마나 나를 어지럽고 불안하게 만들었던가.

나는 지금 평화를 느낀다.

남들은 고독이니 무위니 하는 소리를 하지만 나에게 적용되기에는 아직 시기상조의 말들이다.

수많은 탈을 쓰고 살던 광대가 결국에는 어느 것이 진짜 자기 모습인지를 잊어버릴 때의 그 황당함이 이제는 조금씩 가셔지는 느낌이다.

　그래, 이렇게 방황하지 않고 실없는 소리나 과장된 몸짓을 하지 않아도 되는 지금이 나는 행복하다. 나의 조그만 친절도 과분한 은혜로 생각하는 여기 순진한 시골 사람들 틈에서 살고 있는 이 시간, 이 자리가…

　아무것도 아닌 일에 쉽게 감동하고, 이웃들의 조그만 불행에도 가슴 아파하며 사는 게 도대체 무엇이 나쁘냐는 의문이 다시 생겼다.

　상처를 주지 않기 위해 말 한마디라도 조심하는 게 왜 욕을 들어야 하는지. 바쁠 때는 생각할 수도 없는, 내가 가장 나다웠을 때 가졌던 정당한 의문이 다시 나를 휘어잡는다. 비록 그때의 나는 아니지만 그런 모습의 나를 다시 되찾고 있다는 느낌에 가슴이 뜨거워진다.

시

화 해

밖에 바람이 차다.
　서울은 추운 곳이야, 한편 삭막하고.
그리고 오늘 화해했다.
3년 반
어색하게 불편하게 그랬던 것을 청산하자고
그리고는 악수
– 손이 따뜻하다.

사람은 현재에 사는 것이라고
결국 과거는 묻어버릴 수밖에 없는 것이라고
그리고는 너무 많은 시간이 흘렀다고
그리고 운명이니

뭐 그런 이야길 했다.

또 나는 나의 인생을 만들어 나가고
남은 남대로 그렇게 살겠지만
태어나 죽는 그 날까지
미워하고 싫어하고 헤어지고 그런 것보다는
좋아하고 아껴주고 만나고
그게 더 낫지 않겠느냐고
그런 생각을 좀 하면서

미안하고 고맙다고
나도 고맙다고

엉클어진 내 몸 하나를 떼어
자르기도 하고 풀기도 해서
저 언 땅 속에 묻어 버렸다

마로니에 커피

비가 오면 사람들이 비를 맞듯이
그렇게 가을을 맞고 있다.
어깨를 움추리고 총총 걷는 이에게도
머리 위로 낙엽비가 오는 것 모르는 이에게도
짝 찾아 노는 여섯살 아기에게도
어깨 맞댄 다정한 연인에게도

따뜻한 한 컵의 물을 들고
저 투명한 유리 너머로 보이는 그 가을도
그것도 나의 것임은 감사한 일이다.
혹은 4년만에 만난 친구의 정다운 눈망울에도
그리워할 줄 아는 아름다운 사람에게도

혹은 나가는 이에게도 혹은 웃으며 들어오는 이에게도

비가 오면 비를 맞듯이
피할 생각도 없이
혹은 그 눈에도
그 가슴에도
그 어깨 위로
혹은 사랑하는 그 마음에도

종호랑 마로니에 다방에서
비오는 가을 날

비를 비라 그러는

비를 비라 그러는
이름 없는 시인이라도 된다면
안으로만 쪼그라드는
조그만 내 마음이라도 쓸 수 있을 텐데.

시 같은 시는 아니어도
어둠속에서 밖을 내다보고는
지나는 차도 느끼고
사는 듯이 지어진 건물과
그 속에 지새는 사람을 생각하고
내 마음
사랑도 하지 못하는 불구 같은 내 마음을
한 줄이라도 나타낼 수 있을 텐데.

인생의 순례길에서 나를 만나다

2015. 8. 5. 1판 1쇄 인쇄
2015. 8. 20. 1판 1쇄 발행

지은이 | 임명관
펴낸이 | 이종춘
펴낸곳 | **BM** 성안당

주소 | 121-838 서울시 마포구 양화로 127 첨단빌딩 5층(출판기획 R&D 센터)
     | 413-120 경기도 파주시 문발로 112(제작 및 물류)

전화 | 02)3142-0036
     | 031)950-6300
팩스 | 031)955-0510
등록 | 1973.2.1 제13-12호
출판사 홈페이지 | www.cyber.co.kr
ISBN | 978-89-315-7881-2 (03810)
정가 | 12,000원

이 책을 만든 사람들
편집진행 | 이병일
교정·교열 | 정진용
본문디자인 | 김인환
표지디자인 | 박원석
홍보 | 전지혜
국제부 | 이선민, 조혜란, 신미성, 김필호
마케팅 | 구본철, 차정욱, 나진호, 이동후, 강호묵
제작 | 김유석